天山の小さな春

曾野綾子

河出書房新社

天山の小さな春　†　目次

白鷺のいる風景 7
四百米 41
鮭の上る川 63
ミント・ティの匂い 79
生活者たち 107

無口　133
天山の小さな春　191

天山の小さな春

白鷺のいる風景

1

一九七〇年の六月末、私は同じく作家である夫・三浦朱門と、韓国で開かれる国際ペン大会に出席することになった。二人とも朝鮮半島の文化にはかねがね深い興味を持っていたから、折があれば南北どちら側でも見たいと思っていた。しかし目下のところ外国人が入れるのは南側だけであろうし、その大韓民国さえも、数年前に一度、入国査証を申請して私だけ拒否されたことがあった。理由は未だにわからない。ペンクラブならば、そのようなこともなかろうと気楽であった。

その上、団長はペンクラブの専務理事の阿川弘之氏で、阿川氏が先頭に旗持って歩かれるなら、団体旅行も悪くはない、と夫も私も考えたのである。

ソウルに着いたのは、暑いほどの陽ざしの強い日で、私はバスを待つ間、空港の広場を歩いている韓国の婦人たちの服装を好奇心に満ちて眺めていた。どこの国でも、私は自分の母と同じ年頃の老夫人を反射的に探した。年とった婦人たちは、ほとんどが民族服である。渋紙色の皺《しわ》だらけの顔に、ひっつめた髷《まげ》を結った老母の一人は、脚の悪い私の母と違ってひどく身軽そうで孫の手を引いて溶けるような笑顔を浮べている。

彼女が小走りに駆ける時、その裾をきりっと持ち上げるさまは、和服の褄《つま》を取る仕草に似ている。

私はふと、私の舅《しゆうと》から聞いた話を思い出した。私の舅は小学校から中学時代を煙草の技師だった父親と共に京城《けいじよう》で過し、その時代に朝鮮語を習った。日本領になる以前のことである。後年、外語大でイタリー語を学んだような人だから、かなり上達したことであろう。

その舅が、大正の半ば過ぎに、満洲から帰る途中（何のために満洲へ行ったのかは忘れてしまった）朝鮮半島を南下する汽車の中で、一人の朝鮮の老人と向い合わせたことがあった。長旅のことでもあり、まだ若い青年だった舅はごく自然に、相手に朝鮮の言葉で話しかけた。すると老人は、びっくりしたような表情でこちらを見返した。舅は、ちゃんとした敬語でその老人に話しかけていたからである。いわゆる「日韓併合」以来、日本人の態度はその土地に住む人々に対して実に横柄になった。朝鮮半島の言葉は誠に繊細な敬語を多く含む国語だというのに、そんなものに関心を払うどころか、大体日本人で朝鮮語を学ぶ人さえ稀《まれ》だった時代である。

汽車の中の老人は、日本人の青年の言葉遣いを、祖父が孫を讃《ほ》めるように讃めてくれた。舅は当然のことで特に讃められることではないと照れていた。彼の幼年時代には、まだ上品な朝鮮語を学ぶ習慣が残っていたのだし、第一、目の前の老人は、国はどこであれ、とにかく、目上の人なのだから敬うのは当然なのだった。

私は、今自分に韓国語ができて、舅のように礼儀正しく、眼前の年とった人々に語りかけられたらどんなにいいだろうと考えていた。

その間にもかなりの時間が経った。一度、このバスにどうぞと言われて乗り込んだのだが、途中から又、韓国ペンの事務局のバッジを胸につけた中年の男が、我々を下ろし、又、再び同じバスに乗っていいということになってそれだけでもごたごたしたのである。日本のペンの事務局からついて来てくれた原田時子さんは身長百六十七糎《センチ》、体重五十五キロのすばらしいグラマーだが、彼女が私たちに言い訳するように、

「たとえ、違ってたって、それまで中で待たせて下さればよろしいのに、お疲れでしょう」

としきりに気を遣ってくれた。本当は原田さん自身だって別にちっとも疲れてなんかいやしないのである。天気はいいし、眺めは生き生きしているし、皆もう一時間くらいも、空港の眺めに浸った方が、韓国の印象を聞かれた時の勉強になるかも知れないのだ。しかしとにかく原田さんはめっちゃやたらによく気がつくのだ。彼女は私と同じ大学の後輩である。うちの大学の卒業生ときたら全く私と同様よく気がつくので有名である。そういう評判を聞い

たことのない人は、世情にうとい人である。いや、気がつくかつかないかは別として、彼女は英文科の卒業だから何と言っても語学が達者である。英独仏伊西、ラテン語、それにアフリカの言語ができるという評判だ。その点、私は国文科だから、日本語専門である。この辺も理路整然としている。原田さんの唯一の泣きどころはグラマー過ぎると、自分ひとりで思い込んでいることである。ほんとは、ペリー・メースンの秘書、デラ・ストリートくらいな筈《はず》なのだが、彼女は、有名なカロリー・ブックというのを端から端まで暗記していて、常に食べたもののカロリー計算をしては何とかして体重を減らそうと試みている。

「あの本、いい加減でございますのよ。肉と野菜のいためもの、というのと、野菜と肉のバターいため、というのとすごくカロリーが違うように書いてあるんです。てんでインチキだわ」

と言いながら、それでもせっせと計算して、カロリー・ブックに出ていないものを食べた時は〇《ゼロ》カロリーで片づける。こういうところも、いかにも私の出た学校の卒業生らしく融通《ゆうずう》無碍《むげ》である。

さて、バスの席に坐ってみると、夫は前のバスに乗っていた。私たちは仲のいい夫婦で片時も離れないなどというのはデタラメである。私のすぐ隣は、カナダ・ペンの正式代表の婦人作家で、すぐ前は先刻入国手続の時、阿川専務理事をして感嘆させた、何国人でもない紳士である。いや、勿論、何国人でもないという人間はいない。彼はエストニヤ人なのだが、ニューヨークの亡命作家センターに属し、国連発行の旅券で旅をしているのである。ペンというのはおもしろいところで、この種の亡命作家はあちこちのペン・センターにごろごろしている。

バスは、白バイの先導で走り出した。

すると途端に、私は隣のカナダの婦人から質問を受けた。

「この国の宗教は何なんですか」

「キリスト教と仏教と、それから」

儒教と言おうとして、コンフューシャスという名前がどうしても出て来ないのでやめた。孔子について英語で語ることなんか年に一度もあるかないかだから、口から滑らかに出る訳はないのである。

「カーフューは今、どうなってます？　何時だか御存じ？」

私は知らない、と答えた。知らない、ということほど楽なものはない。私は大抵の場合、だから本当に知らないような気がして来る。第一、カーフューって何だろう。私の知っているカーフューは、晩鐘という意味だ。ソウルには上野の寛永寺とか、浅草の浅草寺みたいな有名な寺があって、そこで毎晩、暮六つの鐘でも鳴らすのか。

ホテルに着くと、夫は昔からの親友の石田勘一と別のバスから下りて来た。勘ちゃんは学習院大学の英語の教授で、英訳は三十冊もあるのに（ということは、風邪《インフルエンザ》で三十九度の熱があっても、英語の小説を楽しみに読める、というほどの語学力の持主なのだが）おもしろいことに、英語の会話は丸っきり苦手という、正真正銘のインテリなのである。

「ずいぶん時間かかったわね」

と私が何気なく言うと、

「運転手が持っている配車票に、ペンクラブと英文のスタンプが押してあるから、まちがいなくこのバスだと僕は言うのに、あのヘナキュウリ奴《め》が信じないで乗せないからさ」

と夫は言った。

「ヘナキュウリってどの人？」

「事務局の男で、ひょろひょろに痩せて生っちろい、青い顔したのがいただろう。ああいうのはよくいるさ。小学生の時から始終体操の時間を休んで、喉に湿布の三角巾巻いてるような奴さ。才槌頭《さいづちあたま》で」

私はまだヘナキュウリに気がついていなかった。しかし夫が韓国も日本もめちゃくちゃにして、一人の人物像を捉えようとしているやり方が滑稽だった。

石田勘ちゃんは、そこで私たちに別れを告げた。

「どこへ泊るんだい」

夫は尋ねた。

「知り合いの韓国の人に薦められた宿へ行こうと思ってね。原田さんが旅行会社にかけ合って、ペンクラブとは別にわざわざとって貰ってくれたんだ」

つまり勘ちゃんも、典型的な自由業者の一人で、皆と一蓮托生《いちれんたくしょう》するのが本能的に嫌いなのである。

「こちらは、韓国ペンの方でやって下さると思いますから、私がともかく石田先生のお伴をして行ってまいります」

原田さんが張り切った。いいよ、いいですよ、と石田さんは一応遠慮したが、もともとのぐさな性格だから、何となく娘のような原田さんにせき立てられてタクシーに乗ってしまった。

「ねえ、ソウルの有名なお寺ってどこ?」

部屋に通されると私はまず夫に尋ねた。私は東支那海と南支那海の区別がつかず、上野の瓢箪池《ひょうたんいけ》などと口走るものだから(これは一種の心理的言語障害であろう)、早いうちに知識を補強ないしは修正しておく必要があると感じたのだった。

「寺? 寺なんて知らんよ。何で寺が問題になってるんだ?」

「だって、カーフューが何時かとカナダの人に聞かれたから……」

「カーフューってのは外出禁止令だぞ」

「へ?」

「英語でスパイ小説を読んでれば、そんなことぐらいわかる筈なんだ。社会主義国に潜入したスパイは必ず、カーフューに引っかかって、美人の逆スパイのアパートにもぐり込むことになってるんだ。お前は今、カーフューのこと何とか言ったな？」

「晩鐘よ。私、その意味しか知らないわ」

「俺は晩鐘なんて知らないな」

「英文学の知識がないからよ。キーツの《夜に寄す《トゥ・ナイト》》の最初の一行に、有名なところがあるじゃないの。《ザ・カーフュー・トールス・ザ・ネル・オブ・パーティング・デイ》っての」

「知らんぞ、俺は」

後でわかったことだが、私の知識はやはりめちゃくちゃであった。正しいのは詩の引用部分だけで、実はトーマス・グレイの《田舎寺院の墓地にて作られし哀歌》の冒頭の一行である。ちなみに《夜に寄す《トゥ・ナイト》》の作者はシェリーで、キーツの有名な詩は《ナイチンゲールに寄せる頌詩《オード・トゥ・ア・ナイティンゲール》》である。私の母校は英詩の暗誦《あんしょう》をさせるので、皆有名な詩はちょっとずつくらいぺらぺらと言えるのである。この詩も翌日原田さんに言わせてみたら、二節目まで堂々と暗誦した。私は一行だけしか知らないが、やはり英文科の卒業生は違う。

2

翌朝は、十時から開会式があるというので、めいめいに手渡された部厚い紙挟みを持って部屋を出た。これを持っていれば、胸の名札がなくても、ペンの関係者だということがわかるのである。

するとエレベーターの前で手ぶらの勘ちゃんにぱったり出会った。もわっとした顔つきで、

「どこへ行くの?」

と夫に聞いた。

「どこへ行くって、会議へ行こかと思って」

「ふうん」

勘ちゃんと夫は、はたからみると大変非常識なことを話し合っているのに、いつも笑いも照れもせず、違和感も覚えていないらしかった。辻褄が合っていないという点では、中学生の会話に似ている。

「朝飯食ったか?」

と夫は尋ねた。

「いや、まだや」

「じゃ、下でコーヒーでも飲もうか」

会議の始まるまで、時間はまだかなりあるのである。

「お前、ここに泊っとらん筈やったろう」

夫はやっと気がついて尋ねた。

「それが、僕の頼んだ宿屋で部屋がとれてなかったんや」

「ふうん」

「旅館側ではなくて、日本の旅行業者の方が悪いらしいわ。連絡とってなかったんやと思う」

「そうか」

「俺は実はどうなっても、いいと思ったんだけど、原田さんがしきりに頑張るんだ。知らないとは言わせないって」

「言わせないったって、知らないものは言うよな」

「そのうちに彼女、カウンターの前でわあわあ泣き出した」

「お前、驚いたろ」

「うん、弱ってしもうてな。《お互いのためです。ここはとりあえず別れましょう》って慰めて、僕は先へ出て来てしもた。二時間ばかり町を歩いて、このホテルに帰って来てみたら、原田さんが部屋をとっておいてくれてた」

「あのひとはなかなかよくやるよ。しかし、お前の科白《せりふ》は、場所が場所だけに具合悪かったなあ」

「ほうやなあ、日本やったら世間の誤解招いたやろなあ」

石田勘ちゃんは、端正なとぼけ顔で呟いた。

「お前なあ、カーフューって知ってるか?」

夫は尋ねた。勘ちゃんが知らない訳はないが、そんな常識は夫にはなかった。

「車がほとんど走っとらんことか」

勘ちゃんはにこりともせずに言った。

「まあ、そんなもんや」

健康な原田さんは、昨日、能なしの勘ちゃんに《ここはお互いのためだ、別れよう》などと言われた癖に、今日はもうにこにこしていた。原田さんを見ていると、戦中派の石田さん《おとこ》より、戦後派の原田さん《おんな》の方がずっと強いことがよくわかる。

会議の間中、勘ちゃんは私たちの隣の席に坐っていたが、玩具を与えられた猿のように、しきりに同時通訳用のイヤホーン装置をおもしろがっていじくり廻し、遂にプラスチックの部分を壊してしまった。そして、

「あの機械、韓国製かと思ったら、我が朝製《ちょう》や。日本製はようないなあ。国へ帰ったらあの会社に注意してやらんならん」

と愛国者めいたことを言ったが、勘ちゃんは自分のズボンのお尻の破れたのだって、奥さんに言わない人だから、そんなことは期待し難かった。

その日に限らず英仏韓の三カ国語しか許されていない会議の内容は、同時通訳をつけられていても私には半分くらいしかわからないから、周囲の人々が笑っても、夫と私、それに勘

ちゃんの三人はいつもむっつりしている訳である。今回の会議のテーマは「ユーモア」なので、三人とも、毎日毎日、各国の作家がステージの上で落語みたいな話をして笑わせてくれるようなつもりで出て来ていたのだが、大半の人々が、ユーモアの定義について述べるばかりで、実際におもしろい話をしてくれる訳ではなかった。おもしろそうな話もたまにはあるのだが、少なくとも私にはげらげら笑うほどは理解できないのである。

「そう言えば、ユーモアは駄洒落《だじゃれ》と違うんやったなあ」

石田勘ちゃんは心許《こころもと》ないことを言い、夫は、

「駄洒落やったら、俺達にはもっとわからん」

と保証した。勘ちゃんも、

「文学は国際的に通用せんいう保証みたいな会議やなあ。俺の翻訳もだんだんあやしい感じになって来た」

「小説がインターナショナルでないことくらい最初からわかり切っとるがな。意味があるとすれば、会議にかこつけて、その国へ来てみることや」

「そうだ、昼飯は、是非町で食お。チケット貰うたかて、ホテルの食堂で食ってたら何もならん」

と石田さんも奮起した。

「俺はもう、うまいソバ屋見つけてあるねん」

と夫は言った。

「明洞《ミヨンドン》にあるんや」

「お前はいつも手が早いな。俺は原田さんを誘うぞ」

原田さんは嬉しそうについて来た。私の大学の出身者は、金や男では釣られないが、食物には弱くておいしい物を食べさせると言えば誰にでもついて行くのではなかろうか、と私が密かに考えていると、夫は自分の住んでいる町でも歩くような物馴れた歩きっぷりで、横丁をこちょこちょと何度か曲り、如何にも大衆食堂風の店の入口の、西部劇そっくりの小さなフラッシュドアをぱっと威勢よく開けた。

彼が開けた、と思ったがそうではなかった。中には十五、六歳に見える男の子が二人、両側に隠れるように立っていて、客が入りそうになると、ぱっと戸を開けるのである。

靴をぬいで上ったところには、すべすべの薄べりが敷いてあるところを見ると冬は温突《オンドル》になっているのだろう。

女学生やら、小母さんやら、会社員らしいのが、いっせいにこちらを見るのは、やはり我々が外人とわかるのだろうか。

「ここは何がおいしいんでございますか?」

原田さんは期待に満ち満ちた顔をした。

「僕は平壌冷麵を食べるんです」

夫が言うと、あたりを見廻している石田さんは、

「読めるのは、それだけやから、俺もそれで行こ」

と同調した。他の料理はすべて、ハングル（韓国字）で書いてあるので、注文がしにくいのである。やがて運ばれて来たのは、小型の洗い桶ほどのたっぷりしたステンレスの器が白く曇るほどよく冷やされたかけそばで、肉や卵など具もいっぱいはいっている。一口食べて原田さんは、

「感激！」

と上品に呟いた。

「うまいでしょう。僕は昨日の晩、カミさんが眠ってる隙に抜け出して、ここを見つけたんです」

「絶品だわ！　韓国まで来た甲斐あったわ」

たかがソバくらいに、そんなに感激することがあるか！　と思いながらも、原田さんと同じくらいうちこんで、私も冷麵を食べながら、少なくとも文学より食味の方が伝達が正確で早いのはどうしたもんだろう、とそれでも本来の目的を忘れていた訳ではないのである。

勘ちゃんと夫は、ビールと冷麵にすっかりさばさばしたらしく、勘ちゃんは急に元気がよくなった。

「いや、とにかく韓国ペンはよくやってくれましたよ。至れり尽せりだ。石川達三さんも言

っておられた通り、僕たち平《ひら》の会員は、ひたすら感謝すればよろしい、それが任務なんだ。こいつは正しいよ。石川さんという人は人格者だね。僕は今までちっとも知らなかった」

原田さんは、

「本当にそうでございますわよ。今まで、ご存じありませんでした？」

と相槌を打ってから、すぐに、

「石田先生、明日もここへ参りましょう」

と誘った。

「よろしい。君がそれほどに言うなら連れて来てあげます」

「私、ここのうちへお嫁に来ようかしら」

「お嫁？」

「毎日食べられるでしょう、そうすれば」

夫が笑い出すきっかけをまだ見つけないうちに原田さんは突然、私の方に向って尋ねた。

「あのう、今の冷麵の中に入っておりました茹卵《ゆで》、半個でございましたでしょうか、一個でしたでしょうか」

「半分切りが二個、すなわち一個分でした」

夫が答えた。

「ありがとうございました」

そこで原田さんはハンドバッグから小さな手帖を出し、何やらこちょこちょと書きつけた。

「冷麺の作り方を書き留めているんですか？」

勘ちゃんが尋ねた。

「いいえ、カロリーでございます。半個なら四十カロリーで、一個なら八十カロリーですから」

3

例の外出禁止時間は深夜の十二時だということを私たちは教えられたけれど、少なくとも、それは決して、重苦しい圧迫としては響いて来なかった。外国人の場合は十二時よりたとえ少々遅くなっても、決してそれでひどく咎《とが》められるということもないらしかったし、第一、韓国の人々自身も、外出禁止令を守らねばならぬ当面の理由は思い浮ばなくて、「節電のためですかなあ」という人もあるくらいだった。

会議も多少中だるみになって来た。

どうしても妹にしか見えない大きな娘を連れたジョン・アップダイク氏が始終ホテルの中を、どこかへ消えてしまった娘を探して歩いている姿も見かけられた。

勘ちゃんは珍しく或る日会議に出て、

「阿川さんの短いスピーチがおもろかったで」

と教えてくれた。

「どんなのや」

「CIAの男が、カイロ空港へ行きよるねん。するとCIAてマークつけた制服の男が近づいて来て、《旅券をどうぞ》言うんや。それでそのCIAのスパイはいたく感激して、《どうして俺の身分がわかったか》と訊くんやな。すると制服の男は、《私はあなたの身分なんか知りまへん。CIAいうたら、カイロ国際空港《インターナショナル・エヤーポート》の略ですがな》」

「そりゃ、わかりいい話やな」

「阿川さんて、ユーモアあるで。俺がこっちへ来る時、今度の会議には、どんなようなお偉いさんが来ますかと訊いたんねん。ほしたら、アップダイクだか、ダウンカーペンターだかも来るそうや、と教えてくれたわ」

上《アップ》大工を下大工《ダウンカーペンター》ともじったのである。ダイクと大工《だいく》の発音は全く同じだから、「大工」をカーペンターと英訳して、接頭語をアップダウン・クイズでさし換えたのである。

その夜は、大統領官邸の招宴があった。

「今日はきっとおいしいものが出ますよ」

と石田さんは原田さんを励ましていた。

雨の夜であった。大統領官邸は厳重な警備なのだろうが、雨と闇がそれをさりげなく隠していた。官邸は、戦前の日本にもこれくらいの富豪の家はあったろうと思われる洋館で、後日観光バスから見ると、それはソウル郊外の樹海の中に浮いた小舟のようなものだということがわかったが、それもその夜はわからなかった。

たまたま、その夜、ついにちょっとした事件が起きていたのだ。時々、私たちは意外に早く、バスに乗るために呼び集められたが、その時間があまりに早いのに、聞きまちがいではないかと思って、原田さんのところへ確かめに行く人まで出る始末だった。

「そうなんでございます。私もこんなに早くは必要ないと思うんでございますし、こちらのペンの事務局の方の中にも、もっと遅くていいとおっしゃる方もあるんでございますが、何分にもあのヘナキュウリさんが……」

と言ってから、原田さんはシマッタというように首をすくめて、

「申し訳ございません。御不満でございましょうが、すべては善意から出たことですし、私共は御招待を頂いている身ですので、何卒お従い下さいまして」

と八方丸く収めようとけなげであった。

「ヘナキュウリ」は他にも、結果的に私たちを困らせるようなことをするのだった。たとえば彼は、板門店を見学する日を、初め木曜日と伝えて来た。それで、私たち夫婦は知人の李先生と会う日をぶつからないように水曜日に決めた。すると暫くして、日本人だけは、水曜日に行ってほしいと通達して来た。私たちは急いで李先生に電話をかけ、訪問の日を一日繰り延べて貰った。すると、その夜になって、又もや木曜日だという。私たちは李家に再び電

話をかけ、原田さんがその度に私たちに米つきバッタのように謝って歩いたように、私たちも受話器の前でしきりに李先生に度々日を変える身勝手を謝らねばならなかったのである。

その日のバスも、ヘナキュウリの指図通り、つまりうんと待って、挙句のはてに乗り込む時、手際が悪くて、或るバスは立っている人がでて、或るバスはガラ空きだとか、そんなようなちょっとした行き違いがあったらしい。しかし、官邸に着いた時、誰もそのようなよくありがちのことに心をしこらせている人などはなさそうであった。

朴大統領は、決して笑わない人であると教えられていた。今の韓国には微笑できるような状態は何もないからだという。軍人上りで姿勢は恐ろしくいい。夫人《ファースト・レディ》は着物の好みのいい方で、物静かに客たちの間を握手して廻っていられる。朴氏の最初の夫人は、夫が戦争ばかりしていて家へ帰って来ないので、離婚して尼寺にいるんですよ、と誰かが囁いてくれた。この話が正確かどうかは別として、どんな平凡な人間の一生も苦難にまぶされているのに、国を背負って立つ人は、その上に更に公人としての苦渋が重なるのである。無惨である。

一方、勘ちゃんがその夜感激したのは、そのビュフェ・スタイルの韓国料理のそれも何となくおふくろの味を思わせる暖かさで、彼は、おでんを讃め、鱲子《からすみ》に舌鼓《したつづみ》をうち、栗の煮ものの大皿の前に立ちふさがり、草餅にまで何回も手を伸ばし、

「食べていると、横文字を喋らなくていいからなあ」

と言訳しながら、せっせといささか下品なくらい詰めこんでいるのである。官邸の方でも

心得たもので、なくなると時々、お代りが出て来る。

「今日は、さすがの三浦も、例の冷麵屋へ行かんやろなあ」

と勘ちゃんは言いながら、きょろきょろとあたりを見廻し、

「高木健夫さんは栗ばかりよう食うなあ。あの細い体で、あの皿の三分の一がとこは、あの人一人で食べよったで。曾野さんだって、さっき鶉《うずら》の卵だけ連続八つもぱっぱっと口に抛《ほう》り込んだからなあ。パチンコ屋を思い出したわ。三浦は男の癖に情ないわ。草餅にばかりへばりついとる。あ、今口に入れたのは、七つ目や」

私は勘ちゃんの傍《そば》を離れて夫の方へ行った。すると、見張られているとも知らない夫が阿川さんに言っているのが聞えた。

「草餅もうまいけど鱲子もうまいなあ。食ったか？」

「何？　鱲子？　そんなものどこにある」

「そこの皿にある、と思ったけどなくなってら」

「バカ、お前が一人で食ったんだろう。なぜ早く教えんのだ」

阿川さんは急に、海軍大尉風の言葉遣いになった。

それは静かな夜であった。静かな夜というのは、却ってさまざまな意味を持つのかも知れない。数年経ってこの夜のことを思う時、個人の運命も又それぞれに変っているであろう、と私はふと思い、私は別の暖かい哀しみに捉えられたことは覚えているが、お開きの時間が

迫っていたことには全く気づかなかった。

突然、入口の方で、事務官らしい男が「ザ・リセプション・イズ・オーバー！（閉会に致します）」とどなった。

全く偶然に、夫と私は、阿川弘之氏の方を見ていた。お開きの通告が響き渡ると、阿川氏は素早く行動をした。氏の右手がぱっと最後に草餅をとって、それを口の中に送り込んだ。その間に氏の左手は、目の前のテーブルの上にあったシガレット・ケースをぽんと弾き開け、中から実に優雅な粋な手つきで二本の煙草《シガレット》をつまみ出した。一本を口にくわえ、一本はゆうゆうと胸のポケットに収めた。総ては堂々として敏速であった。

それにケチをつけようとした夫が激しく咳き込んだ。私は慌ててハンケチを渡した。

4

夫は風邪をひいてしまった。

勘ちゃんが知り合いの韓国の名士の家へ我々夫婦も連れて行ってくれるという、その日にである。

「勘ちゃん、カミさんを連れてってくれや。それだけでも静かで、オレ、助かるんや」

と夫は石田さんに頼み込み、私は結局、連れて行かれることになった。

勘ちゃんの知人というのは、やはり学者でしかもどこかの市の市長さんを兼ねているということであった。家はひっそりとした住宅地の奥にあった。塀が高くて、家々のたたずまいが簡単には覗けないようになっている。

私たちは市長さんと握手をし、日本風にお辞儀もし、玄関を入ったすぐ正面の十畳敷ほどの温突《オンドル》の部屋に通された。おっとりした市長さんと、その友人のL大学学部長という紳士とで、本当は礼儀としてせめて英語で喋らねばならないのだが、戦前、東京の大学を出たという学部長が、我々と同じくらい日本語が上手なので、今更英語にしても仕方がないのだった。

すると、そこへ黄色いチョゴリに白いチマを着た美人が現れた。市長夫人だと思って私は丁寧にお辞儀をした。それと同時に別の若い女中さんが熱いお粥とキムチを運んで来た。

「おしのぎですよ。鮑《あわび》のお粥です。キムチでどうぞ」

私はお箸を取り上げながら、あっと声を上げそうになった。先刻の美人が、坐ってあんぐり口を開いた学部長の口の中に、キムチとお粥を母親が子供に食べさせるように入れてやっているではないか。そのキムチには白菜がオレンジ色に見えるほど、べっとりと唐辛子や薬味が入れてあったが、さすがに土地の人の中にも辛いのはいやという人もあるらしく、学部長は韓国語で、もう少し薬味を落せ、などと言っているらしい。するとその美人は、長い立派なお箸の先で、言いなり放題に丁寧に優しく薬味を落して、又もや学部長先生の口に入れてあげるのである。

それにしても夫人が、お客に食べさせてやることまでするとは大変だ、と思っていると、

勘のいい勘ちゃんは、私の無知をずばりと見通したように、

「あの美人は、この国の芸妓はんですわ」

と小声で教えてくれた。この国でも、旧家では、自宅へ芸者を呼ぶのである。多分最高のおもてなしなのだろう、と私はかしこまっている。間もなく席が変って、山海の珍味が並んだ座敷へ通されると、美人は三人に増え、先刻の黄色い妓《ひと》の他に、ピンクの妓《ひと》と赤い妓《ひと》が来た。ちっともいやらしい感じではないけれど、男の人の隣にしっとりと坐ってお醤油を注ぐことから、お酒のお酌をすることから、ちょっと抱きつく風情まで、あらゆるサービスをしてくれるのである。

「外出禁止令というのは、家庭の奥さんにとっては便利なものでしょうなあ」

勘ちゃんは、ピンクの妓生《キーセン》にジョニーウォーカーの黒をだぶだぶ注いでやりながら言った。

「まあ、そういうことですな。十二時までには必ず帰って来ますからね。ところが、帰れなくなったからヤムを得ず、近くの友人の家に泊った、という言い訳もなり立つんですよ」

「なるほど、その方が悪辣ですな」

勘ちゃんはちっとも悪辣とは思っていない口ぶりで言った。

その間にも、お酒は献酬《けんしゅう》につぐ献酬で、それは無理強いのようにも見えるのだが、勘ちゃんにとっては、結構悪くないらしかった。私が眼の前の鯛の塩焼、刺身、野菜の煮つけ、漬物などに感激していると、突然、妓生が、はあっと笑った。この家のご主人の市長さんが、

銀の台の上に、オールドファッションのウイスキーグラスに、ダブル分くらいのウイスキーを注いだものを置き、それから赤い林檎を一個持って来させた。その林檎に、燃えさしの、まだ赤い火の玉のついている燐寸《マッチ》をつき立てた。妓生が、はあっと言いながら、それを素早く隣の学部長に渡し、学部長がそれを又次の赤い妓《ひと》に渡し、赤い妓《ひと》が急いで勘ちゃんに渡した。勘ちゃんがそれをわざとゆっくり私に渡したので、私も隣の黄色い妓《ひと》に手渡した。黄色い妓《ひと》は慌てて市長さんに送ると、そこで、赤い火の玉はぷつりと消えた。

妓生が又、はあっと笑った。運の尽きたところにいた人が、銀の台の上のウイスキーを飲み干すのである。しかも只飲めばいいのではない。皆の見守るうちに、ぐいと盃をあけ、

「ハア、ハア、ハア」

と三声高らかに豪傑風に、こればかりは、韓国語も日本語も区別のない笑い方をしなければならないのである。

豪快に飲み終ると、市長さんは又、盃を満たし燐寸棒に火をつけて吹き消した。再び素早く人々の手から手に林檎が滑って行く。今度は、ピンクの妓《ひと》のところで火が消えた。皆は喝采する。ピンクさんはちゅちゅちゅちゅと飲んで、「ハ、ハ、ハ」と可愛く笑った。なかなか愛嬌がある。その次は勘ちゃんで、彼は「ハア、ハア、ハア」と笑う代りに「カァ、カァ、カァ」と啼《な》いた。烏のつもりなのである。しかしどうも、酒の飲みっぷりは地元の紳士達の方が大らかに見える。勘ちゃんの世代は、芸者のいる席なんかに馴れていない。私も勿論わか

らないのだが、韓国へ行って妓生パーティに憧れる男たちの気持も理解できるような気がして来た。日本の芸者衆と違って、何しろ若い。あんぐり口を開けて物を食べさせて貰うことだって、女の私はせっかくのおいしい物は自分のテンポで食べたいと思うけれど、毎食百種の料理を、ほんの一箸ずつ、おつきに食べさせて貰った西太后のことを考えると、やはりこの世の贅沢となっているに違いない。

勘ちゃんと、私は十一時半すぎになって、市長邸を出た。踊りも見せて頂いたし、何より個人の家へ招かれたということはほのぼのと楽しい。送って下さるという話だったが、珍しく勘ちゃんが道を知っているというので二人で歩いてホテルまで帰ることにした。勘ちゃんは明らかに飲み過ぎているし、少し酔いを醒ました方がいいのである。

二人で道を歩き出してから星を眺めようとすると、一つも見えなかった。ソウルも大気汚染がひどいのである。

「明後日は又、妓生パーティでしたね」

勘ちゃんが言った。ペンクラブ全員が招待されているのである。

「やっぱり、今日みたいに、一人に一人ずつくらい妓生が来るのかな」

勘ちゃんは独言《ひとりごと》のように呟いた。

「しかしそうなったら壮観やろな。百畳敷の大広間に、百何十人のお客がいて、そこへ百何十人の妓生が来て、それが一せいに抱きついたり何かしたら、色気狂いやな。行くのやめとこか」

ふと気がつくと、暗い道を、人々が急ぎ足に歩いている。

「外出禁止時間が迫ってるからでしょう」

「そうやな」

勘ちゃんが言った。

小走りの人もいる。小さな露路のところで、前後左右から、そんなような人が、てんでに出てくると、私は微笑ましくなった。何もお互いに反対方向へ行かなくても、めいめいが、お互いの代りに自分が今いたところに近い家へ帰りゃいいのに、などと考えるところをみると、私も少し酔っているらしい。

それから、突然、私は「あ」と声を上げそうになった。早足で歩いている男の一人に見覚えがあったからだった。誰だったろう。そうだ、あのヘナキュウリだ、と思った。

彼は私たちのホテルの方角から、帰ってくるところだった。何か連絡があって深夜近くまで、仕事をしていたのかも知れない。彼も私たちに一瞬気づいたようだった。私は懐かしくなってちょっと手を上げた。しかし彼は頷き返しただけで、一生懸命、足早に夜の家路を律儀に急いでいるように見えた。

5

翌日、板門店へのバスが出発するという時になって、再び私たちは苛々させられねばならなかった。

ヘナキュウリが、やはり人数の都合上、日本人だけは翌日にしてほしいと言い出したのである。私は今度は本気で腹を立てて、「それくらいなら、もう行くのやめます」と夫に宣言した。李先生に何度約束を変更したか。正気の沙汰ではない。

しかもバス二台分の人間しか行けないという、そのバスの、座席はまだ空いているのである。夫は半ば強硬手段のように乗り込んでしまった。大体、夫には今でもガキ大将のように幼稚なところがあり、すぐひとに綽名《あだな》をつけたり、ひとの食物を脇から手を出して食べてしまったり、いけないということをわざと強行する趣味がある。この性癖のために、彼は旧制の高知高校を停学になったのである。

ヘナキュウリは強引な日本人に愛想を尽かしたのか、それなら仕方がない、と言い始めた。原田さんはしかし事務局員として、万が一、自分が行くことで他の国の人の邪魔をしては悪いと思ったらしく、「私はここに残ります。お元気で」と悲壮な顔をした。行きたいのだが、それを抑えている。

「立派、立派。いい心がけだ。いい嫁さんになるぞ」

と勘ちゃんは夫と並んだ席にいて、しきりに讃めたが、バスの外にいる原田さんに聞えたとは思わない。

やがてまだ空席を残したままバスは発車した。

「ああいう、気の小さい男はどの世界にもおるねん」

夫が勘ちゃんに言った。

「ヘナキュウリのことか」

「ああ。俺が大学に勤めておった時のことや。或る年、学生募集のために校舎の写真入りのパンフレット作ったんや。それ作ってしもうてからやな。その建物の一部、とり壊して新しい校舎建てることになったんや。そしたら教授会で、それでは困るというのが出て来よるねん。パンフレットの写真と違うと学生騙《だま》したことになるというんやな」

「ふうん」

「教授会で、それを審議してなア、何とかその建物壊さんで、そのまま建てる方法はないかと協議したで。鞘《さや》堂みたいに周囲から建ててって、最後にその建物をとり壊すことはできないかとさ、阿呆らし」

「そういう悲観的人間はどこにもおるわな。そういう奴は、常に世の中、恐怖に満ちとるのや」

バスにはアメリカの海兵隊の中尉の制服を着た軍人が乗っていて、私たちを点呼した。人数外だと言われた日本人も、名簿にはちゃんと入れて貰っているのである。

ソウルから北三十八度線までは道は一部を除いてわざと舗装してない。万が一朝鮮民主主義人民共和国の軍隊が南下して来た時に、道が悪い方が時間が稼げるというのである。

一時間以上走って、バスは河にかかった一本の釣橋のところで停った。それまでバスは警察の車で護衛されていたが、それから先の地区は国連軍の管理下に入るのである。その引渡し手続きが長々と続いている間、ミス・アップダイクはバスの外へ風を浴びに下りた。

「釣橋は一車線やな。いざとなったら、この橋を落してまえば、これから先の部隊を見殺しにしてる間に、後方が固められる」

「ふうん」

勘ちゃんは興味なさそうな声を出した。夫は工兵だったのである。軍事基地を見ると、すぐ陣地の作り方を気にする。間もなく、《ここよりアパッチ・カントリー》という看板が見えた。アパッチの襲撃のようなことが度々起るのかと思ったが、それは駐屯部隊の愛称なのである。

私たちは見学者センターのようなところに連れて行かれ、カマボコ兵舎の一つで広報担当官から、見学者としての注意を受けた。

この特別区域はどこの国のどんな法律で守られている、という訳でもなかった。会談の行われている広場やその周囲の林で、今までに二人の人間が消え、その消息はわからない。その他、何人かの人間が、北鮮《ノースコリア》の兵隊に引きずり込まれそうになっているところを、「あそこにいる軍曹《サージャント》」が見つけて、腕ずくで引き戻した。ここはそれ以外に身を守る方法のないところだ。そのことをよくわかって、決して一人でそこら辺の繁みに入って行ったりしないでくれ。それが注意事項の主なものであった。あそこにいる軍曹というのは、講堂代りの兵舎の後の方に立っていて、もうそれほど若くはなく、しかも中年という程でもなく、映画に出て来る鬼軍曹ほどではなかったが、そう言われると背後にも眼がついていそうな技《わざ》ありげな人物に見えて来るのだった。

このセンターから二粁《キロ》ほどの間、無人地帯があって、その先にこの同じ民族の不幸な接点を作っている広場があるのだった。

見学者は安全を期すためにか、二班に分れ、私たちは第一班になった。バスを下りた時には気がつかなかったが、近くの兵舎は総て北に小高い岡を背負うような地形を選んで建てられており、東西南の三面はベッドの高さより高い位置にまで、土嚢が積んであった。寝込みを襲われないという配慮なのだろうか。

バスは無電を積んだジープに導かれて出発した。ふと気がつくと、両側に地雷原の標示がある。やがて強制収容所に使われているような高い有刺鉄線の柵が、中央に三米《メートル》ほどの距離をおいて二本、岡をめぐって張りめぐらされていた。

人々は無言だった。これは人間の愚かしさの所産以外のものではないかも知れないが、その愚かしさの原型は、異民族の私の中にもどろどろに溜っているに違いなかった。

それでも少し行くと、思いがけぬ、のびやかな風景が拡がって来た。男たちが、草を刈っているのである。作業用のトラックの傍についている米兵の顔に、澄みとおった陽ざしがふり注いで、彼は韓国人の労務者と、仲良さそうに喋っている。

しかし私が胸をうたれたのは、そのすぐ傍《かたわ》らにあった低い湿地だった。そこには水が溜り、水面が生命に輝いた青空を生き生きと映していた。時々風がさざ波をたててその青い水面を散らした。そしてそこには、明らかに野生化した水稲が生え続けていたのだ!

二十数年前、その水田を耕していた人に、私はその水稲の風になびき震えている美しい風景を告げたいと思った。人の手の全く加わらない稲は、或る場所には濃く、或る場所には薄く、まだらに生えている。それは戦いの中にもなお生き抜いて、南北に別れた家族がよりそう日を待とうとしているこの朝鮮半島に住む、総ての無辜《むこ》の人々の化身《けしん》のように思えないではなかった。そして突然、その中から居るとも気づかなかった一羽の白鷺《しらさぎ》が飛び立った。

ほとんど総てのこの土地の人々が、一度はこの白鷺になりたいと希《ねが》ったであろう。鳥ならば、北へも南へも何の妨げもなく飛んで行ける。あまりにも多くの人々の希いであっただけに、それは通俗を越えて悲願として神話に昇華しているように見える。

勘ちゃんが突然言った。

「ヘナキュウリも、親か誰か北におるのかも知れんな。そういうことがあると、人間万事悲観的になるやろな」

「せやろな」

夫は言ってから、

「とにかく、あいつは、めちゃくちゃに誠実な男やいうことはまちがいないわ」

「ほやな。背骨が折れるほど働いたで。今度のことでは。感謝せなあかんで」

「帰らざる橋」が見えて来た、と前方で人々が騒ぐ声がした。

四百米

片岡悠子は、水着を着ながら考えた。肉体、いや肉塊というものは、地球の重力によって、なだれるように落ちたがり、それが老いというものなのだ。ニュートン以前に、人間の外見的な贅肉の醜悪さというものを、物理的に説明し得た人があったのかしら。もちろんニュートンの法則というものは、地球上のあらゆる物体に、満遍なくその意図を投げかけてはいるのだが、若者の引き締った肉体はそのメッセージを、暫くの間、気づかないのである。しかし足許の地面に向ってなだれたがる、というのは、意味のあることで、人間はいずれは死んで腐り、地面に還らねばならないのだから、それはきわめて健全な方向を志向している、ということにはなる。

片岡悠子は夏の間中、毎日、四時になると、一人で海へ出て行って泳ぐことに決めていた。子供たちと一緒の時もあり、子供の友人たちと同行する時もある。日曜日には夫が、だるそうに、痩せたがに股の毛脛を出してついて来る時もある。東京から車で一時間半で来られる湘南の海岸は、最近では流行おくれだが、それだけに、年々、人の気配もまばらで海は静かになって行くように見える。農家の庭先に建てられた貸別荘を借りているのだが、これで三年目ともなると、田舎の親戚の家へでも行くような気持であった。

片岡悠子は、かつて女医者になるつもりでその勉強をしたことがあった。しかし途中で、七歳の男の子一人を抱えて鰥夫《やもお》になっている片岡に会ったのであった。その子にまともな食事を整えてやるのも、ちょっとした事業だ、と悠子は思い、一生、医者をやるのもうっとうしく感じかけていた時だったので、彼女は片岡と結婚した。夫の連れ子はもう大学を出て就職している。悠子自身の子供は高一の銑之介と、中二の峯子の二人である。

子供たちは、海の家にそれぞれに友達を連れて来た。休まる時がなくて大変でしょう、と同情してくれる人もいるが、悠子には悠子流のやり方があるのである。料理は心をこめずに手早く恰好をつける方だから、七、八人ずつくらいの食事《えさ》を作ることは大して重荷にならない。疲れた、と思えば、息子の友達だろうが、娘の友人だろうが、茶碗洗いをさせ、二坪ばかりのテラスに、東京からたった一脚持って来たデッキチェアにどっかりと坐り込んで、煙草を吸うか、コーヒーを飲むかして休む。無理をして生きるのが、悠子は嫌いであった。娘の峯子が、或る日悠子に言った。

《お母さん、土田さんがこないだ言ってたよ。片岡さんところのデッキチェア、ずっとお母さんが占領してるね、って。あれお母さん専用なの？　だってさ、お父さんが後から坐りたそうにテラスに出て来ても、お母さんがどてんと椅子に坐ってて動かないもんだから、お父さんたら、可哀そうに、縁側の敷居の上に坐ってたよ、だって》

悠子が一人で泳ぎに行く、と言うと、高校時代の友達は《一人で泳いで、おもしろい?》と訊くのであった。その点、医者仲間はそうは言わない。泳ぎながら喋るわけじゃなし、むしろ一人で泳げる境遇を評価してくれる。四十歳を過ぎた体を、水泳で鍛えるのは、肉体的に衰えて動けない老後を恐れるからである。せめて体さえきけば、物乞いにも行かれれば、盗みをすることもできる。自分の好きな土地へ死にに行くことさえできる。

家から浜までは歩いて五分くらいであった。茄子畑の中に倒れかかったような道標があって、「右あじろみち」と書いた方向へ行けば海へ出る。そのすぐ手前の畑の中の四つ辻に市の観光課が作った道標があって、「××海岸」と矢印がついているのだが、その木の標識の方は、誰かが悪戯をして、わざと百八十度曲げてしまったために、その通りに歩けば、旅人は山へ這い上り、いつまで経っても海岸へは辿り着かないことになる。文政年間に据えた石の道標の方が、未だに密かに端正に海のありかを示している。

浜はいつ行っても閑散としていた。漁船が十ぱいばかり浜に引き上げてある。ビニールや、壜や、腐った西瓜が散らばっている。片岡悠子は準備運動などしなかった。小学生ではあるまいし、砂浜でシコを踏む真似をしたり、手を振り廻したりするのが恥かしいのである。その代りに五分間手を振り早足で歩いて来たのである。青い漁船の舳《へさき》の下にゴム草履を脱ぎ、脇の下の破れかかった古いビーチ・コートとタオルを置いて、すぐさま、じゃぼじゃぼと海の中へ入って泳ぎ出すのであった。悠子の年で、子供のおつきあいでなく、泳いでいる女というのは、他にあまり例がなかった。

片岡悠子は、昔から決してスポーツ・ウーマンではなかった。むしろ田舎の旧家で、祖母に育てられた悠子は、水に入ることは、溺れるか大腸カタルを起すか、いずれにせよ、ろくでもない事故の原因だと信じている祖母から、十歳近くなるまで、水泳を禁じられていたのである。十歳を過ぎてからの水泳ぎは、怖いものを知り過ぎていて、なかなか上達しなかった。悠子はお腹まわりだけ太った、男のような体つきをして、泳ぎ始めながら、実は、長い浜に沿って進み、決して背のたたないところへは行かないように用心していた。

正確に計ったことはないから、わからないのだが、悠子は毎日、四百米《メートル》を泳ぐ。長い浜の手前の端の青い漁船のところから泳ぎ始めて、はるか彼方のコバルト色の和船のところまで往復すると、ちょうど四百米なのである。時間も、浜に時計を持って行ったことがないので、あてずっぽで二十分くらいかかるのではないかと思っている。自分の呼吸に一番合った泳ぎ方のテンポというものがあって、それより早くても遅くても、息が苦しくなる。高校の水泳部にいる息子の銑之介によれば、悠子の泳ぎは、只、浮きながら少しずつ進んでいるに過ぎないと言うが、その程度だからこそ、悠子には泳ぎながらあたりを見廻したり、考えごとをしたりする余裕もあるのである。

悠子は、青春を遠く離れて泳ぐ人間というものについて考えることがある。時々この浜でも、自分と同年輩くらいの、半分毛をむしられたようなすけすけの髪をした男が海の中にいるのを見かけることがあるが、なぜか、中年になると人間は、男も女も、茶色い顔をし、耳を垂らした、鼻先の黒い犬のような顔をして泳ぐようになるのであった。

正直なところ、悠子は、中年というものが、これほどおもしろい時代だとは思わなかったのだった。かつて、二十歳の娘だった頃、四十代というものは、信じられない遠い未来としてしか想像できず、四十代の人間というものは老化した化物のような人間としか思えなかった。しかし今、二十代をふり返ると、悠子は、自分が精神病者だったような気がするのであった。あの頃自分は何というもろい、形式主義者だったか。人間の善意は相手にも善をなし得るとか、努力は必ず報いられる、などと信じていた甘い娘であった。あの頃、悠子は、なぜか、多くの人たちが、自分を支持してくれる、という錯覚さえ持っていたのである。将来の相談に行けば、心から喜んで話を聞いてくれ、礼儀正しくしていれば目をかけてくれる、と信じていた節がある。人間は始末に悪いほど気まぐれで感傷的で、その感傷のめくれ上ったひとりよがりの尖端の部分に触れた時だけ、大人は若者の相手をしてくれるのだ、などと思ったことはないのだ。悠子自身、息子や娘の友人たちには、よく話を聞いてくれるいい小母さんだと思われているかも知れないが、悠子にとってできる最大の誠実というものは、何も答えてやらないことなのだ、ということを知っている。

こんなことを思うのも、悠子は昨夜、息子が海に持って来ている数少い本の中から、トーマス・マンの「トーニオ・クレーガー」を読んだからだった。もともと悠子は、少しも文学的人間ではない。トーマス・マンの作品など一冊も読んだことはなかったので《トーニオ・クレーガーって、ドイツ語読みにしたら、おかしいんじゃないの？》などと入口のところで引っかかっていた。

表題だけ聞いたことのあるその作品は、長篇だと思っていたら、実は短篇だったので、悠子は一晩で読んでしまった。感心し、何カ所かで歯が浮いた。初めの数頁、悠子はこの話は、トーニオ・クレーガーとハンス・ハンゼンという二人の少年の同性愛の話かと思っていたのである。ところがそうでもなくて、トーニオは女友達のリザヴェータに、長々と芸術論を語ったりする。その途中に時々いいことを言うので、悠子は感心した。それは、トーニオがチェザーレ・ボルジヤをくそみそに言うところである。

『ねえ、リザヴェータ、洗練された、常軌を逸した、悪魔的なものを究極の最も深い熱中の対象にしていて、悪意のない、単純な、生き生きしたものへのあこがれを知らない人、いささかの友情、献身、親密、人間的な幸福へのあこがれを知らない人――普通であることの大きな喜びに対する、ひめやかな、身も細るばかりのあこがれを知らない人は、ねえ、リザヴェータ、そんな人はまだまだ芸術家なんかじゃありませんよ！ ……』

悠子はこの個所にさしかかった時、むっくり起き上った。胸の下に枕を入れて腹這いになり、小さな声を出して音読してみた。すると、あまりに長い科白なので息が切れてしまった。ひどい会話の文章があったものだ。ドイツ人は誰でもこんなに長く喋るのだろうか。

悠子は床の中でもぞもぞと脚を動かし、深い欠伸をした。あたりは物音に満ちていた。浜の南端は磯になっていて、そこにウミネコだかカモメだかがゴマ粒を撒いたように集結している。それが、かなり暗くなってからでもみゃあみゃあと小やかましく鳴き立てている。夜になってその声が聞えなくなったと思うと、代って銑之介の飼っている鈴虫が、のべつまくなしに電話の声も聞きにくいほどに鈴を振っているのである。

それにしても、この舌足らずの、思いつきのような話の進め方と生硬な文章が、世界的名作というものなのだろうか。悠子は後書きの頁をめくった。「トーニオ・クレーガー」はマンの二十八歳の作品だということがわかって、悠子はやっと頭を枕に戻して寝た。二十八歳なら、文豪といえどもまだ、こんなものかも知れない。

この本は、銑之介が買ったものではない。銑之介の同級生の箕作《みつくり》がここへ持って来ていて、《君に置いてくよ》と銑之介に残して行ったものである。箕作は体の大きな子であった。どちらかと言うと、肥満児に近いが、成績は抜群である。悠子は文学には詳しくないのだが、どういう訳か、ドイツ文学を愛好する青年には鈍重で太った男が多いように思う。もちろん例外はあるだろうが、クレッチマーのような心理学者は、トーマス・マン愛好体型というのを発見してもよかったのではないか。もっともマンとクレッチマーは、クレッチマーの方がほぼ十年くらい後から時代を体験しているだけである。

この作品は「ヴェルテル」に比すべきものだと解説には書いてある。あのヴェルテル、このトーニオ・クレーガーは、若いという前提のもとにやっと許される程度のものではないか。これを一人前の人間として見るなら、それはやはり、ひ弱く、未完成だというほかはない。マンのような作家をして、このような類型的な構成の小説を書かせるというだけでも、若さというものはどうしようもないものだ、と悠子は思う。もっとも一作読んだだけでマンをけなしたりすれば、息子に叱られるだろうから、今、床の中で考えたことは一切黙っていなければならない。

若さに顔をしかめる結果、肉体は地球の重力に従って、下へなだれて来ることになるのだが、それと引き換えにでも、今程度の、複雑な弾力性に富むようになった脳細胞は大切にしておきたい、というのが悠子の実感であった。先のことはわからない。しかし少くとも、中年が衰えではなく、美醜を別にすれば、あらゆる能力の充実を感じさせるものだということは悠子にとって全く意外だったのである。

たとえばこの泳ぐという単純な能力そのものにしても、悠子は我ながら信じ難いことだが一生で今が一番長く泳げるのである。数年前までの悠子は、五十米も泳げば息切れがして、プールの縁に摑って休むものだと考えていた。しかし薄気味悪いばかりに体は鍛えれば体力がついて来て、しかもそれを過信もせずにいられるのである。

ひとりで、何の感動もなしに、泳ぐこと、それが中年であった。波打際では、バミューダ・ショーツをはいたままの青年たちが、酒樽の鏡のようなサーフィン用の、丸い板で波乗りを楽しみ、娘たちは何人かかたまって、肌を天日とサンオイルで焼いている。青春はまだ個が弱いから、まるで吹いたばかりの若芽のようにかたまっているのが特徴であった。しかし、悠子は一人でも充足している。悠子は、青い船からコバルト色の船へ、一人で目標を決め、無言で周囲の光景に満たされながら、泳ぐことができるのである。

悠子は既に五十米ばかりを流した。自分は娘と同じ中二の夏には何をしていたろう。その年に、悠子は終戦を迎えたのだった。八月十五日まで悠子は疎開先の女学校から工場に動員されていた。今日と同じような白い雲の浮かぶ、暑い野原の中にぽつんと建った飛行機の部品工場で悠子は働いていた。その頃、自分は今はもうあまり見られなくなった脚気という病気にかかっていた。ビタミンB_1の不足から起る病いで、だるさと眠さがその特徴であった。悠子は作業台に向い椅子に腰を下ろしたまま眠っていた。椅子は丸いスツールだったから、眠りこけて、よく落ちなかったものだと思う。「忠君愛国」も「滅私奉公」も地底に引き入られそうな睡魔をうち砕くことはできなかった。終戦の日から悠子は家で休養し三日三晩、眠り通したのだが、その時の快感は今も忘れ難い。

悠子は終戦後、かつて、戦争中、N飛行機の工場にいて、学生でありながら、管理職待遇を受けて働いていた、という男に会ったことがあった。

《とにかくひどいもんでしたな。我々が前線に送り出した飛行機というのは》
その男が自嘲的に言ったので、まだ自分をあるがままに表すという技術を身につけるだけの年齢に達していなかった悠子は黙って自分には全く関係のないような顔で、その話を聞いていたのだった。
《とにかく、特攻機が飛び立ちましょう。無事敵艦に突っ込むならまだ、死甲斐もある、というんですよ。しかし、我々の作った飛行機は、特攻基地の上空で、空中分解したんですよ。僕は特攻基地の隊長から、うちの会社に宛てて出された、血書の抗議文を読んだことがありました》
それから彼は、悠子の最も恐れていたことを尋ねた。
《あなたは戦争中、どこにおられました？》
《結核で寝ておりました》
悠子はさらりと答えた。
《それはそれは》
男が笑いながら言った。悠子の嘘を見抜いていたようでもあった。悠子は自分が、今で言う《欠陥飛行機》の製造にたずさわって、お国のために死のうとした青年達を、基地上空で死なせたことに荷担していた話を或る時、息子の友達に話して聞かせたことがあった。すると銑之介の同級生が言った。

《おれならな、人殺しせずに死ぬよな、多分》

その語調に、虚しさがこめられていたことを悠子は感じた。人殺しをしたということで、悠子は女でありながら汚らしい人間の座を与えられたようであった。

悠子はすでに、片道の半分にさしかかっていた。そこにはコンクリート建ての部落の漁業協同組合があり、有線放送がいつも競馬の放送や、流行歌を鳴らしていた。

この海岸へ来た最初の年の夏に、悠子は、その漁協の小さな売店で、村上千秋に会った。悠子はライスカレーを作るためのルウを買いに行き、そこで、娘の峯子が《あら》と立ち停るのに気がついたのであった。峯子は同級生の村上朋子と入口で鉢合わせをした。後ろに朋子の母の千秋が立っていた。

悠子は村上母娘の服装を今でも忘れない。二人は揃いのキャプテン帽をかぶっていた。ヨットの艇長がかぶるような帽子である。つまり二人は、いかにも海辺へ来るのに似つかわしい服装を選んで来ていたのだ。悠子と娘の峯子が海へ行くために買ったものと言ったら、水着くらいのものだった。二人は只、汚れても惜しげのない色のさめた古服や、商店や会社の名前の入ったタオルを家中からかき集めた。タオルだけは何本あっても、多すぎるということはなかった。しかし村上母娘は、ちょっとした夏掛けほどに大きい趣味のいいタオルを腕にしていた。

《お母さん、あのタオル高そうだね》

村上夫人の長い華やかすぎる挨拶からようやく逃げ出したあとで、峯子は悠子に囁いた。
《少くともうちのよりは高いよね》
《うちのタオルはただのが多いからね》
あの時、村上夫人は、《自分たちも家を借りようと思ったのだが》《少しぐずぐずしているうちに借りそこねたので》《お友だちのお借りになった部屋を使わせて頂いている》と言った。そんなことをくどくどと説明する必要がどこにあるだろう。ここはカンヌでもニースでもない。魚臭い漁村では部屋ぐらい借りたからと言って、ステータス・シンボルにもならないのである。
それから暫く経って、悠子はPTAのコーラス部というのに加った。音楽に特に興味があった訳ではなかった。娘に、歌を歌うとお腹が空いていいよ、と言われたので、それなら行ってみようかと思ったのである。コーラス部を率いているのは、村上夫人であった。彼女はピアノを弾いたり、タクトを振ったり、この次の練習曲に何を選ぶか、ということについて、無定見な他のメンバーの「意見」をとりまとめたりしていた。悠子は何も知らないので、全く発言をせずに坐っていた。
すると三カ月ほどして、突如として村上夫人の姿が、その練習から見えなくなった。代りに田代夫人という、地味な感じの女が前へ出されて、村上夫人のやっていた一切の指導的な行為を代行するようになった。

《村上さん、ご病気？》
何も知らない悠子は、隣に坐っていた母親に尋ねた。
《いいえ、田代さんが芸大のご出身で、フランスへオペラのご勉強に留学なさったこともあるのにそれを知らずにいて、その田代さんをさし置いてご自分がリーダーにおなりになってることがわかったもんだから、ショックで、おかしくおなりになったのよ》
《まさか。知らなかったものは仕方がないじゃないの》
オペラのプリマーとして外見を考えるなら、田代夫人より、明らかに村上千秋の方が適しているのに、と悠子は考えていた。田代夫人は芸大の卒業生だというから、譜面を見て、オタマジャクシの通りに正確に歌えるし、しかも絶対音感とやらも持っていて、町中には狂った楽音が横行していることがぴんぴんと末梢神経を突き刺すようにわかって苦しんだりしているに違いない。田代夫人は、いわばモノクロームの女なのだが、村上千秋はその点、天然色である。ＰＴＡのコーラスくらい、大多数が譜なんか読めやしないのだから、かりに村上千秋が、半音くらいざらに音程が狂う程度のアマチュア音楽愛好家であろうと、一向に構わないのである。村上夫人は娘時代からピアノをしこまれていたらしく、さっと腰を下ろしてポロンポロン弾くし、一本指で「結んで開いて」しか叩けない悠子から見れば、指導者として充分資格を備えていたのである。田代夫人の方は肩巾が広くて蟹のような肩と胸をしているところは歌手の胸廓として適しているのかと思われるけれど、彼女は頼まれてやむなく素人のお相手に来ている、という感じで、村上夫人のようにあのいそいそとした、天然のハイライトが当っているように見えた楽しさは全くなかった。

更に三月《みつき》ほど経って、村上夫人は、電車に飛び込み自殺をしたのであった。村上氏に女関係があったとか、峯子と同級生の娘の上に男の子がいて、その子が精薄ぎみだったのを苦にしていたとか、いろいろなことが言われたが、悠子は、村上千秋が、自分より本職の音楽家がPTAの中にいることを知らず、その前で平気で、コーラスの指導をしたことを恥じて死んだとしか思えなかった。誰も、自分の存在を、ちょっと誇示したいのである。しかしそのプライドが、田代夫人の存在によって、滑稽なものだとわかった時、村上夫人は、その恥辱に耐えかねて死んだのであろう、と悠子は思う。いや、こういうことは真相はわかりはしないのだ。只、不安な人ほど楽しげにふるまうということが、今思い出しても悠子にはたまらないのだ。あの母娘お揃いのキャプテン帽、何軒もの店やデパートを探し歩いて、選んで買って来たとしか思えないたっぷりしたビーチ・タオル。

村上夫人の指導でよかったのに、と悠子は思う。田代夫人ほどの専門家によって訓練を受けるに価するほどの、音楽的素養のある女たちなど一人もいやしなかったのだ。絶対音感など少しも美しくはない。音程はずれる時に、素人の歌ができる。

折り返し地点のコバルト色の漁船の背後はこんもりとした森になっている。中に浄土宗の寺がある。十五世紀に、漁師が海から拾って来たという観音さまを祭ってある。もし息がひどく切れていれば、悠子はそのあたりで立ち停って、少し休むことにしていた。しかし今日は、あまり疲れていない。悠子はくるりとUターンし、茜色の夕陽に染った水面を投網のように悠子に投げかけて来る方角へまともに向って泳ぐことになる。すると微かな潮流にさからうことになるので、一層進む速度は殺されるのである。

悠子は、或る日夫に、その寺に墓地を買おうか、と言ったことがあった。

《田舎のうちのお墓には入らない気か》

夫は言った。

《気が重いわね。前の奥さんもいるし、あなたはともかく、あなたの伯母さんとか従姉とか大叔父さんとか、顔みたこともないような人たちと一緒になるのはいやよ》

本当は心からそう思っている訳ではない。死んだ後の骨くらい、どうなってもいい。法律では海中に捨ててはいけない、というのがあるのだそうだが、下らない制度だと思った。死者の希望があるなら、日本海溝の上あたりに、お骨の投棄場所を決めればいいのである。

まだ悠子が小さい時だが、この記憶はひどくはっきりしている。近所の村でちょっとした事件が起った。墓地の管理をしていた寺男が、人骨の酒を作って飲んでいた、と言うのである。既にその頃から、そのあたりは火葬であった。男は新しい仏が出ると、その墓を開け、中の骨壺から、新しい骨を引き出し、庫裡の一部に置いた瓶の中に骨を漬け込んだ酒を貯えていた。その酒瓶は何年も誰の興味もひかずにそこにあったのだが、或る日泥棒が入り、酒を飲みかけて中から骨を発見して驚き慌て、瓶をそこにぶち壊し、骨を散乱させたまま逃げ出したのだった。村の駐在が訊問した。
《骨は生までなくていいのか》
《骨酒は、昔から焼いたものを使います。焼き立てがいい》
《女や子供のがいい、ということはないのか》
《骨はどんなのでも、かまやしまっせん》
男は精神病院に入れられたのだ、と悠子は聞かされた。
《私は狂っとりまっせん！》
男はそう叫んだのだがだめだったのであった。
寺男はそれほど大それたことをしたのだろうか。悠子には、未だにわからない。男は、誰の骨をも、平等に味ったのであった。酒は骨を得て、どんな味に変化するのだろうか。悠子たちが、青年たちを間接的に特攻基地の上空で殺したより、この寺男はもっと死者たちに優しかったのではないかと思う。寺男は独身だった。賭事もせず、女に手出しをすることもなかった。唯一の執着が骨酒を飲むことであった。
《〇〇の小父さんは、瓶の中にあったという骨を見たそうだよ》
祖母は言った。
《飴色になって艶々してて、ベッコウみたいにきれいなものだったそうだよ》

悠子は再び漁協の建物の前にさしかかっていた。夕映え色の小波は、悠子に向って押し寄せ、少しも前へ進まないような気がする。

その時、悠子は、白いセパレーツの水着を着た娘が、浜から手をあげて、悠子に合図を送っているのに気づいたのであった。

彼女は、戸田弓子といい、少し離れた岡の上の別荘の娘であった。悠子の知人が戸田家の別荘に泊っていて、弓子と泳ぎに来ていた時、浜でぱったり出会ったのである。

《あの子のおふくろさんというのが、離婚していてね、実家にお金があり余ってるもんだから、陶芸やってゴルフやって、毎日そんな暮しなのよ。娘は器量さえよければ何とかなるわ、って言い暮してたけど、どんな程度の悪い女子大でも、弓ちゃんは四年制の大学には入れなかったくらいらしいの。それであのきれいさでしょう。雄犬共が狙ってしようがない。それでいて当人は頭がパアだから用心もできないの。危険で危険で、一時間だって一人では海にも出せないんですって。泳げないのに深いところへは行っちゃうし、どんなに言いきかせておいても、誘われると誰の自動車にでも乗っちゃうのよ。おふくろさんが、私の前で泣くのよ。頭が悪いと可哀想だって》

友人は小声でそう囁いた。それ以来、悠子は時々、友達と浜に来ている弓子に会うことがある。弓子はほとんど喋らない。彼女の体から浮き出た、軽い鬆《す》のいった魂がすぐ近くの中空に浮いているのが見えるような表情をしている。

「弓子さん、泳がないの？」

悠子はせい一ぱいの声でどなった。

「ええ」

「水母《くらげ》はまだいないわよ」

「ええ、でも」

弓子は笑って手を振る。脚がすらりと長い。卵型の陽やけした腹が絞ったように細い。この娘は、時間の経過の申し子だ。何にも興味がなく、何をも恐れず、退屈そうに生かされていて、一瞬も本格的に目覚めることも、感動することもないのである。この娘には、一度も本当の青春が来ることがない。精神が淡いから、母が泣いたのだという。一時代前には、そのような不幸はなかったのではないか。女は只、きれいに生きていればよかった。その先のことに気づいた戸田夫人という人は、気の毒にも、ひどくまっとうだったのではないか。

いつまで、自分は泳ぎ続けるのか、と悠子は思う。青い船はもうすぐ、そこに見えている。いつかはそこへ着く。しかし、もし自分が今、船が沈んで助けを待っているのだったらどうなのだろう。いつまで、自分はこうして、泳ぎ続けることを自分に課するのか。それをやめさせる最後の瞬間を、自分はどのようにして決定したらいいのか。

悠子は、ごく最近、昔、一回だけ会ったことのある男の死を聞いた。それは医者の大学に行っていた時の友達が好きだった男で、悠子は音楽会で一度だけ紹介されたことがあった。

戦争中、男は戦闘機に乗っており、卒業して船会社に入ったばかりだった。彼は反射神経がしなやかに発達した男だという感じは受けたが、あまりにもためらう要素がなさすぎて、悠子はどうしてこんな男に夢中になれるのだろう、と考えていた。

友人は結局、この男とは結婚しなかったのであった。

《××さんが死んだのよ》

先日友人に会った時、彼女はそう言った。

《へえ、どうして?》

《自家用機を操縦してて、九州と沖縄の間の海で落っこったの》

それは飛行機の墓場と言われる場所だった。昔の彼の仲間が嵐に乗じて声高に呼び寄せたのだろう、という話も伝わっていた。

《あの人ね、子供はかわいがってたけど、奥さんとは仲がよくなかったの。そんなことも原因の一つじゃない?》

だからどうした、というのだろう。悠子はおよそ曖昧な説明だと思う。

《遺体は上ったの?》

悠子は尋ねた。

《ううん、機体の破片だって出ないんだそうだから。恐らく、積乱雲の中に入って、叩きつけられて着水したんだろう、って言うのね。コースに沿って低気圧があって、それるとガソリンが足りなくなって、鹿児島まで戻れなかったんですって。その飛行機は着水後、そのまま逆立ちして頭から沈んだろう、って言うの》
《キャビンに人間を閉じこめたまま？》
《そうなるけどね。仲間の飛行機乗りが言うんですって。飛行機事故に限り、人間は全く痛くも、苦しくもないから安心して下さいって。だから、着水の衝撃で眠るが如くだろう、って言うの》
悠子は、水平に近い角度からさして来る夕陽に頬を洗われていた。青い船はすぐそこにある。悠子の脱ぎ捨てたビーチ・ウェアが見え始めた。その傍《そば》につい先刻まで人々がバーベキューをしていた焚火のあとが、黒く痣のように残って見える。
もうすぐであった。四百米のゴール。いや疲れ果てて海底へ沈むことを自分に許す瞬間が。
悠子は、多少ピッチを早める。一人で死ぬために、毎日こうして体を鍛えている自分が、爽かであった。

鮭の上る川

夜、九時少し前頃、娘・真紀子の夫の本堂佐知男が突然、訪ねて来た時、吉見磯子は、一カ月後に近づいたアメリカ旅行の旅支度を考えていた。生まれて初めての、金婚式代りの外国旅行である。年寄りが慌てて何かをやることほど体に悪いことはない、と娘にも言われていたので、磯子は四十日前にカバンを買い、一日に一つずつ思いついたものを詰めることにした。その方が忘れものをしなくて済むだろうし、旅の楽しさも長く味わえそうだった。

「佐知男さんかね、どうしたの？　一体、今頃」

「すみません」

婿は、市役所に勤めていた。玄関を入る時、少し酒の匂いがして、眼がとろんとしているように見えたが、もともと酒には弱い方なので、お銚子の一本も飲めば、こんなふうになることを磯子は知っている。

「もうお休みになるところでしょう、すみません」

と佐知男はしきりに謝った。

「いや、まだ、お父さんはテレビ見とるから」

夫はこの頃、少し耳が遠くなった。磯子が玄関に出て行ったのも気づかぬほど、音量を上げて聞いている。

「どうしたの？　真紀子と喧嘩でもしたの？」

「いや、そうじゃないんですけど、この頃、真紀子が少しおかしいんです」

「おかしいって？」

「何もはっきりしたことがある訳じゃないんです。只、煙草を吸うようになったでしょう。それと毎日、おもしろくなさそうな顔して……」

婿は四十七か八、娘は四十二か三になる筈《はず》であった。二人の間には、息子が二人いるが、長男は東京の薬科大学へ入って、家を出てしまったし、二番目の高校一年生は、陸上競技ばかりやっていて、家へは日が暮れると、泥だらけになって帰って来るだけである。ご飯を食べると、さっさと自分の部屋に引き上げてしまうから、後は無口な夫と二人、顔をつき合わせて喋ることもない。佐知男はこの頃、役所で謡の会に入っていて、声はそっちの方で充分に出すので、家ではもう喋る余裕がないのだ、というような顔をしている、と娘から聞いたことはある。

しかし、そんなことは、どこの家の屋根の下でも行われていることだろうに、と磯子は思っている。

「あなたに隠れて、真紀子がどっかへ行くというようなことでもあるの？」

磯子は、ありきたりだとは思いながら、男の問題を心配していた。女が四十を過ぎ、或る日、ふと鏡を見て、自分が衰えた中年女になっているのに気づく。自分は何をして来たろう。誰でもがするように、子供を育てた。しかし息子たちはそのことに感謝している様子もないし、しかもそのようなことは、地球上の何億という女たちのやって来たことだ。自分は愛されたことがあったのだろうか。佐知男と真紀子は見合結婚である。婿の方にしてみれば、決して「愛して」いないわけではなかろうが、真紀子にしてみれば、結婚するまでに、何ら心を締めつけられるような劇的な出会いの思い出があったというわけでもない。四十歳を過ぎると、女たちは焦り出す。自分が他人とは違って、誰かに深く想われたという確証を得ようとして、うろつき始める。他のことになら、驚くべき計算高さを発揮する女たちが、そのことになると、全く冷静さを欠くようになる。自分を少しでも女として扱ってくれる男なら、誰でもいいのである。磯子はそういう話を、週刊誌などで読む度に、その時は、ひとごとと思っていたが、自分の娘が同じような心理に落ちこまないという保証はどこにもない、と思うようになった。

「いや、別に隠れて何かをしてる、という訳じゃないんです。只、この頃、眉間のところに、縦皺が二本寄りましたし、僕が何か言うと必ず反駁するんです」

「どこか悪いんじゃないかねえ。まだ更年期には少し早かろうけど、世間で、いらいらしている人というたら、皆どこか体の悪い人ばかりだから」

「この間、一日ドックいうのに入ってみてもらったら、血圧も胃も何もかも正常やと言われたところなんです。只、少し老眼の気味があるから、と言われとったけど」

「あの子は、昔から、遠視に近いような眼だったから、老眼も早く来たんやろう」

もらったばかりの栗羊羹で婿にお茶を飲ませ、一向に要領を得ないままに、磯子は彼を送り出した。夫は婿が立ち寄ったということさえ気がついていないらしい。夫婦の間にめっきり会話が減って来て、しかもそれに馴れてしまったのは、夫の耳が遠くなったからだ、と磯子は思うことがある。

たとえ、我が娘であっても、よその夫婦のことには、あまり立ち入らないようにしていたので、磯子は、佐知男の心配の実態が全く摑めなかった。表現の地味な婿のことだから、それとなく様子を探りに来ただけでもかなり重大なことになっているのだろうかと思ったり、夫婦で突っかかったり突っかかられたりしている状態こそ、一番はた迷惑でなくていいのだという感じでもあった。しかし気にならないではなかったので、娘たちの家の近くの病院まで、知人の見舞に行ったついでに、磯子は久しぶりに寄ってみた。

真紀子は家にいた。昼少し過ぎだったが、近所のマーケットで買って来たらしいプラスチック入りの海苔巻きが、半分ほど食べかけてあり、彼女は横になってテレビを見ていた。

「ぐあいが悪いなら、ちゃんと蒲団を敷いてお休み」

磯子は言った。

「別に悪いわけじゃないのよ」

「それなら、もっと何かすることがあるだろうに」

真紀子も、娘時代には、せっせと編物をする子であった。和彦と友彦の二人の息子たちの幼い頃には、必ず古毛糸を編みなおしたセーターを着せていた。

「することがなくなったのよ」

「どうして」

「おもしろくないのよ。佐知男だって、友彦だって、無理して働くことはない、って言うしね」

「それは、あんたをいたわって言ってるんだよ」

「友彦は私の編んだセーターはいやだ、買ったのを着たい、って言うのよ」

「若い子には流行があるんだろうよ。買って着せときゃいいじゃないか」

磯子は昔から、何ごとにもあまり逆らわないで生きて来た。狭いのでもあろうし、逆らうほどのことも、めったになかった。

「私、昔から、そんないい加減な暮らし方して来なかったのよ。私きちんとやって来たつもりよ。それなのに、この頃になったら、何もしなくていい。セーターもいらない、夕食も食べない。《お母さん、テレビでも見ておいでよ》でしょう。だから、私、こうしてご期待にこたえてるのよ」

大人気ないことを、と磯子は言おうとしたが、そんなことを口にすれば、真紀子が逆上するのは目に見えているので、黙っていた。

「私、何のために生きているのかわからないのよ」

「誰にも、わかりゃしないよ、そんなこと」

「お母さんはね、それでいいでしょうよ。外国旅行へ行ったりしてごまかしてりゃいいんだから」

「お前も、金婚式の時には連れてってもらい。私から佐知男さんによく言っておくよ」

磯子は、明らかに皮肉とわかる口調で言った。五十年、結婚生活を「勤めれば」初めてで恐らく最後の旅も許されるだろう、と磯子は言いたかった。その費用も誰かにもらったわけではない。夫の退職金を、一部食いつぶしてでかけるのである。

「子供、二人が無事育ってくれてて、それで何が不満だね」

磯子はそう言い捨てて帰って来た。


夫婦は予定通り、初めての団体旅行に加わって、初めカナダのヴァンクーバーに向った。

そこから、米国の西海岸を、サン・フランシスコ、ロス・アンジェルスと南下して、ホノルルで二泊して帰るのである。飛行機の中では眠れないかと思ったが、出発前の興奮と疲労でぐったりして、磯子は四時間ばかりを、ぐっすり眠った。夜に出たのに、ヴァンクーバーに着いたのは同じ日の昼少し過ぎだという。ヴァンクーバーは旅行会社の若い添乗員に予告されていたよりは、はるかに暖かく、文字通りの小春日和で、見上げるような背の大きな外人がごろごろいるのもおもしろかった。発ったのも着いたのも土曜日で、三十階建てのホテルに入ると、ロビイには磯子夫婦にとって懐かしい顔が待っていた。

「まあ、恭ちゃんかね、すっかり偉うなって……」

郷里の知人の息子で、東京で板前の修業をし、それから移民になってやって来て、カナダで日本料理の店をやっている牛田恭次郎であった。磯子たちがヴァンクーバーに寄ると聞いて、牛田の両親に、ぜひ、息子に会って来てやってくれ、と頼まれたのである。

「小父さんたち、まだ、日本料理、食べとないですか」

挨拶もそこそこに、恭次郎は尋ねた。

「ありがと。心配しないで頂戴。飛行機の中でも、料理にご飯そえてあったから」

今日は土曜日で、今夜はこれから店へ出なければならないが、明日は日曜で休みなので、自分の車でどこかへ案内する、と恭次郎は言った。

「そうかね、日曜は休みかね。けっこうな国やな」

「お父《と》さん、日本だって日曜休みの商店《うち》はけっこう多いわね」

磯子は老夫をたしなめながら、やはり初めての異郷で、恭次郎の御国訛を聞いただけでも気が休まるように感じていた。

翌朝、約束通りに、恭次郎は九時半頃に、ホテルに迎えに来た。旅行の仲間たちは、とっくにバスで見物に出かけた後だった。

「小父さん、小母さん。どこか特に見たいとこ、ありますか」

「なあも、ある訳はないわね。知らん国やから、見るもの聞くものびっくりしとるばかりや」

「じゃあ、紅葉見物をかねて鮭の卵生むところを見に行きませんか。今からちょうどシーズンなんです」

「どうぞ、お願いします。お父さん、よかったね。カナダの紅葉がきれいや言うて、かねがね聞いとったけど、バンクーバあたりじゃあまり見られんものね」

恭次郎の車は、磯子が未だ乗ったこともないような、大きなアメリカ車だった。磯子は恭次郎の命令で、安全ベルトをはめさせられ、車は、町中を抜けて、南東へ走り出した。ひどい霧であった。

「今朝方から、気温が下って来たからでしょう。いつも、このあたりは霧が溜るんです」

「鮭の上る川は、何という川かな」

突然、夫が尋ねた。

「フレーザー川、いいます」

一時間ほども走ると突然、霧が晴れた。それまでずっと深山を走っているかのように感じられていたが、抜けてみると意外に、平凡な平地だった。柵の続く牧場や、日本人が苺の栽培に成功したという、のどかな村を幾つか過ぎた。やがてミッションという木材の集散地だという鉄道沿いの町を抜けると、車は染まりそうな黄や燃えるような赤の紅葉の林に包まれながら、右手にフレーザー川を見て走るようになった。

「何ときれいな！　自然な川やねえ」

と磯子は感嘆の声を洩らした。

「黄色い葉はブナかしら、恭次郎さん」

「わからんですなあ、僕は植物に弱いから。とにかく、赤いのはカエデです。カナダの国旗についとるでしょう」

ヴァンクーバーを出て二時間とちょっとで、車は静かな森の中に切り開かれた駐車場に着いた。先着の車も何台かいる。子供たちの声も聞えるのだが、総ては、あまりにも澄んでいて、静寂と音とがどちらもいとしいほど大切に谷間に保たれている。

入場料も何もなしに、素朴な柵の中に入りながら、恭次郎は、

「ここが、つまり、フレーザー川の流れを引き込んだ人工の川で、鮭が卵を生むようになってるんです」

と言い、先に立って乾いた落葉を踏んで歩いた。数十歩も行かないうちに、磯子たちは幅五、六米《メートル》ほどの人工の川が、網でせきとめられているどん詰りの場所に出た。

鮭はそこに、盛り上るように群れていた。もっとも、磯子は初め、その魚群総てが鮭だとは信じられなかった。頭が緑色で、胴体が鮮かな深紅という魚もまじっていたからだった。

「あの紅いのも鮭？」

「あれがソッキー言いまして、淡水に入って数日すると、あんなに紅くなるんです」

恭次郎が言った。

「あれで鮭かねえ」

「そうらしいですよ。缶詰用のやそうですけど」

もちろん、中には磯子の知っている鮭らしい色の鮭もいた。

「あれは新巻にするのと似とるねえ」

「あれが、チャム言います。すこうし小《ち》さめの黒っぽいのがピンク・サーモンです」

「ここは何か？　人間が作った川か？」

夫はやっとわかったらしかった。

「そうです、ウイーバー・クリークと言って、一九六五年にできた人工の産卵用水路です。もう少しこっちをごらんになると、よくわかります、小父さん」

それは何に似ていると言って、空気の厳しく冷やかに澄み，自然なようでいて人工的な水の匂いに満ちた信州の山葵田《わさびだ》に最もよく似ていた。人工の水路はかなりの水流と水量を保ちながら浅く、底に小石を抱いて、折りたたまれたように、曲りくねって、流れていた。只、山葵田と違うところは、流れがそれぞれ屈曲部で、小さな、高低差、三、四十糎《センチ》ほどの滝を作っていることだった。どん詰りの水域ほどではないにせよ、鮭は、あくまで流れに逆らいながら点々と泳いでおり、小滝のところでは時々、鮮かに宙に身を翻して上流への段差を泳ぎ超えるのが見えた。

「全く何だって、海から何十粁《キロ》も離れたところまで、延々上って来て、ここまで来てまだ滝上りをやるですかねえ」

恭次郎が言った。

「ですから見てごらんなさい。奴らの頭も胴体も傷だらけですわ」

磯子は身をのり出して見た。新巻にしたらいいと思われるチャムの黒い頭に、皮の剝けたような白い傷が幾つもあった。そして岸辺には、至るところに死んだ大きな鮭が、白い屍となって引っかかっていた。

「これでも、管理人が、始終死んで浮いた魚を、取り除いては捨ててるんだと思いますよ。なんせ、これだけの鮭が死ぬのに、これっぽっちしか残ってない訳はないんだから」

「この鮭が、皆死ぬの⁉」

「そうです」

「一匹残らず？」

「全部です。いったん海へ出て、三、四年後に川へ産卵に上って来た鮭は、一匹の例外もなく死にます」

子供たちの声が、遠くから聞えた。遠足なのか、数十人の子供たちが、てんでに、青や赤や、ピンクや白の、アノラック風の上着を着て、人工の水路に沿って流れている筈の、自然のフレーザー川の堤の上を、陽ざしを揺らすようにしてこちらに向って歩いて来た。彼らが、日本の子供ほど喧《やかま》しくないように思えるのは、彼らの立てる騒音が、あまりにも余裕のあり過ぎる広大な谷と森に、吸い取られているからのように思えた。

「そうだ、小父さんたちに、本当の川の姿をお目にかけた方がいいかも知れない。自然の川の方にも鮭は上って来てますから」

小学生たちをやり過したあとで、恭次郎は、磯子の手を引いて堤の上に上った。そこから少し下流に向って歩くと、日本の渓流のように幅狭く浅くなり、小さな岩や流木につづられたフレーザー川そのものが見えて来た。堤は川の面から、ほんの数米しか高くなかった。もちろん、それでも流れの縁まで下りて行くには、磯子も夫も、脚場が悪くて無理だった。

「小父さん、小母さん見えますか。川の中で一せいに背鰭《せびれ》を立てて停ってるの、あれ、みんな鮭なんですよ」

鮭たちは流れに抗していたので、その水面の上に出た背鰭の部分は小波の波頭のように見えた。そしてその中から時々、体がせり出すほどの浅瀬を、悶えるように上流に向って狂気のように遡って行く、一米近い巨体もあった。そしてこの自然の川でも、流木の間には、体がふやけて白くなり、眼玉だけがまだ生きているようにこちらに視線を向けている死魚が、何匹も引っかかっていた。

「鮭は必ず、夫婦なんですよ」

恭次郎は言った。

「愛し合って仲のいい二匹が、助け合って最後の旅をここまでやって来て、牝が河床の小石を掘って産卵するのを、牡が手助けもするし、守りもするんです。そして生んでから後、数日間体力のある間は、二匹はずっと卵の上にいましてね。それで力尽きて死ぬんだそうです」

時々鮭の中には流れを遡らずに、流れにもまれながら下流へ流されるのもあった。

「ああいうのが、もしかしたら」

磯子は息をひそめるように言った。

「でしょうね。もう最期が近いんでしょう。僕が読んだ本には、鮭は体力を使い尽すんだって書いてありました。死と引き換えに生むんですからね。《初め、私はそのような鮭を哀れに思った。しかし今は、そのような彼らを愛している》って、本を書いた人は言ってました」

恭次郎は、魚をもっと近くで見たかったのか、身軽に、岩から岩を伝って水面と同じ高さまで下りた。すると又もや、彼の靴先をかすめるように、一匹の鮭が水しぶきをあげながら上流に向って突っ走った。

磯子は、真紀子のことを考えていた。今、誰に見せたいと言って、この凄絶な光景を見せたいのは真紀子であった。鮭は、必死で川を遡り、傷つき疲れ果てながら、最後の地点に辿り着き、そこで子を生み終えると、一匹残らず屍を重ねるようにして死ぬ。しかし考えてみれば人間も同じであった。そのような残酷な運命に殉じる以外の生き方はなさそうだった。生きた証を残したいとか、自分の生涯を華やかな思い出で飾っておきたいとか、何のたわごとであろう。人間も鮭のように死ぬほかはないではないか。河床に卵を生みつけることを、その生の最終目標とし、或いはまだ産卵地点まで辿りつかないうちにラクーンや熊に襲われて死ぬ鮭をも含めて、魚と人間はとりもなおさず、すべてが、温く平等に、そして例外なく、決められた死の道を辿る。

「あんたんとこの店でも、鮭の塩焼きを出すかね」

突然、夫が渓流の縁にいる恭次郎に尋ねた。

「出しますよ。昨晩、小父さんと小母さんがお望みなら食べさしょう、と思ってたんですけどね」

「ここなら、鮭は、安いやろな」

「それが、意外と安くないんですよ。おかしいでしょう」

磯子は二人の現実的な会話に引き戻された。鮭の死ぬ川の上にも、絵具で塗ったようなみごとな紅葉が枝をさしのべている。

ミント・ティの匂い

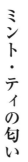

津野国嘉治郎《つのくにかじろう》は、午後四時頃、並河武彦《なみかわたけひこ》を連れて自宅のマンションに帰って来ると、

「僕はもう一度オフィスに戻って、夕食までにまた戻るから、並河君を部屋に上げて、少し休んでもらっててよ」

と妻の知花《ちか》に言い残して出て行った。

「今度はどちらからいらしたの?」

知花は、台所でお茶を入れながら、武彦の方を見ずに尋ねた。

「今年の会議がまずウィーンであって、その帰りに、ここでも幾つかダムに行く仕事があって……」

武彦は部屋に通ると、大きく開いた硝子戸のところから、目の前の海峡の景色を眺めた。まともにこちらを見ていないことは声でもわかった。

「ここへ来て、もう何カ月になるの?」

「十カ月」

「津野国さんは元気なようだな。日本にいる時より声に張りがあるもの」

「あの人はね。いつも私にはない美徳があるの。常に現状に肯定的だから。この次の休みには、もう一回美術館に行こう、月末には温泉にも行こう、っていう調子で、目的がありすぎるくらいなの」

「それで、君はここが好きになれたの？」

武彦は尋ねた。

「そうねえ。好きにもなれないけど、逃げ帰るほど辛いわけでもないわ……十カ月で一応ここはこういう国だ、と受け入れられたの」

「いいマンションだね。ここは、ほんとうに景色がいい」

武彦はまだまともに知花の顔を見ずに、ガラス越しの景色に目を向けたまま言った。

ここに住むまで想像もできなかったことだが、海峡はいつも少し霞んで見える。水蒸気のせいか、両岸の町が埃っぽいせいかよくわからない。向こうに有名な「古橋」が見え、そこで川向こうに渡れば、ごみごみしたT字路に出る。そこにも「左ヨーロッパ、右アジア」という標識が出ているのである。

一昔前は、美男のスパイが海峡に面したホテルに陣取って、双眼鏡片手にじっと海面を動く潜望鏡を見ていたというのは、出来の悪いハリウッド製のスパイ映画の話だろうが、今走り回っているのは錆《さび》の出た小型の貨物船、艀《はしけ》、近隣の漁船、いまだに残っているフェリーだけであった。

「しかし津野国さんと君が、ここで落ち着いているのを見て、ほっとしたよ。津野国さんには、仕事のことでもここのところずいぶん会わなかったから」

武彦は、知花が置いたテーブルのお茶の前に坐った。

「あなたはまだ一人なの？」

知花はできるだけさりげなく、健康のことを尋ねるような口調で言った。

「そう。結婚した方がいいということは納得してるんだけど、この人となら、ずっと一緒でいいと思う相手がいないんだ。どんな相手とも、喋っていると間もなくぎくしゃくして来る。別に今のままだってどうということはないんだから、と思うと踏ん切りがつかない」

とりあえず幸福だということだ、と知花は解釈することにした。

「それでここでの君の暮しはどんな風？」

「まあ、幸せといえばほんとうに幸せよ。嘉治郎さんはやはり仕事のことで苦労しているんでしょうけど、うちではほとんど愚痴らないし、メイドさんは使えるし。でも私は性格が悪いから、たいていうちに引っ込んで暮らしてるの」

「うちにいる時間も必要だと思うけど、長過ぎると多分虚しくなるよ」

「もうとっくに虚しくはなってるのよ」

平素の知花は、夫を送り出してから、居間のソファに坐りこんでいることが多かった。この頃、体がだるいという感じが抜けない。別にどこかに異常があるわけでもないのだが、ただ一日はやたらに長く感じられた。

「ここでは働かなくて済むという贅沢をさせてもらってるの。朝御飯が終って彼を送り出してから、何もせずにソファに坐っていても、やがて家政婦のソフィアというおばさんがやって来てくれて、掃除、洗濯、簡単な食事の下ごしらえまで皆やってくれるから。朝御飯に使った食器だって、洗わずに流しに突っ込んでおいていいのよ」

ソフィアは太った五十代の女性であった。仕事ぶりは粗いが、気立てはいい。初めて彼女に会った時、既に知っている誰かに似ていると思ったのだが、後でそれは大きな腰と豊かな胸を持ったこの土地の古い地母神にそっくりなのだ、と思い当たった。

「自分で掃除も洗濯もする必要もないなんて境遇は、日本じゃ味わえない贅沢だって、いつでも自分に言い聞かせているのよ」

「だから虚しいんじゃないか。分かり切ったことじゃないか」

武彦は笑った。夫の嘉治郎は、人生をこんなふうに裏返しの明快さで解釈することはなかった。

「初めのうちは家具を整えて、どうやら生活ができるようにするまでにまあ忙しかったの。この国製の家具はやたらに重くて装飾過剰でしょう。でもイタリア製の家具を揃えようとしたら、うんと高くなるの。この国は関税が高いから。電気屋もカーテン屋も、とにかく誰もが、約束した時間にほとんど来たことがないわ。部屋が恐ろしく暗かったから、スタンドを置くのに電気のコンセントを新設してもらったの。そしたら、コンセントカバーをうんとひん曲げてつけて帰ってしまったし」

武彦はうっすらと笑った。

「世界中、ほとんどそんなもんだよ。日本人がちゃんとしてくれるだけで……ここでは、運転してるの？」

「仕方なくね。バスはすごく混んでて、ノミをもらって帰ったこともあるの。家へ帰るまでに痒くて痒くてたまらなくなったから、玄関から真っ直ぐお風呂場に行って、身ぐるみ脱いで、洗面所の熱湯の中に浸けたわ。そしたらノミが四匹、煮えて死んでたのよ」

運転すればするで、野菜を売るマーケットへ行く道から、数少ない在住日本人の知人の家に行くルートまで、すべて覚えるのに緊張した。どのトラックにも「追い越し時には、ホーンを鳴らせ」と書いてある。だからあらゆる車輛が常にどこかで喚いていた。道端の子供は、洗い立ての知花の車に向かって泥を蹴りつける。何かそれ以上の悪意があるわけではないのだろうが、それがテレビゲームもサッカー・ボールもない子供たちにとっては、街角の遊びなのである。

しかし知らない町の人たちとではなく、次第に知花は、数少ない日本人との付き合いに疲れたのであった。

初めは日本人同士なら、日本語で話せて気楽だろうと思った。誰か当番の日本人の家庭に集まって、日本人形を作ったり、墨絵を習ったりした。しかし間もなく狭い社会には、人の息を詰まらせるような有害な毒性が潜んでいることがわかった。すべての人が他人の噂話に生きているからであった。

火のないところに煙は立たない、というけれど、この国では、火の気もないところから濛々《もうもう》と煙が立ち上がる。或る日知花は、まだ若い一人の日本人の奥さんから真顔で、

「お宅はすごい借金がおありで、それを逃げるためにこちらに出ていらしたんですって？」

と聞かれた時には、ほんとうに一瞬絶句したものであった。驚いたあまりまじまじと相手の顔を見つめたので、言葉の内容とは何の関連もない相手の顔の雀斑《そばかす》が残像現象のように瞼の裏に焼きついた。

知花も夫の嘉治郎も、金銭上は小心で、自家を建てた時も、今どきの人なら当然と思うローンも勇気がなくて組めなかった。子供がないのでその分貯金できた手持ちの金と、知花がその頃たまたま実家の父が亡くなって受け取った一千万円あまりの遺産とでどうにかやりくりした。遂にローンという名の借金さえしたことがなかった。

借金だけはないのに、借金で首が廻らなくなったから逃げて来たのだろう、という噂を信じている人がいる。それにまた、そういう噂を耳にしたとしても、面と向かって当人に聞く

神経も知花には理解できなかった。

しかしそれがきっかけで、それ以来この国での暮しを、知花は退屈で無為なものだと思うようになった。一日中、古い週刊誌や月刊誌を漫然と読み返しながらソファで暮らしていると、体も心もますますけだるくなって来る。時間の歯車がほとんど廻らない。訪問者が羨ましがるような眺望絶佳のマンションのテラスから、海峡の景色を楽しむこともほとんどなかった。

この土地には知花の理解できる言葉による刺激というものが全くなかった。テレビには英語のチャンネルもあるのだが、内容が半分くらいしか理解できないから、ほんとうにおもしろいとは思えない。

朝まだ夜の引明けに、イスラム教のモスクから長々とアザーンと呼ばれる祈りを呼びかける声が流れた。ここへ越して来たばかりの頃は、それが目覚ましの代わりになって必ず起き出してしまったものである。それでも足りなくて、この国で売っている安ものの目覚まし時計の中には、金属音でも音楽でもない、アザーンの声を組み込んだものもあるという話にも笑えなかった。

その日、間もなく知花は、リビングの反対側にある客用の寝室に並河を案内したが、その時並河がほんの一瞬、二人だけであることを意識して知花を抱いてくれることを期待していた。しかし並河はそんな気配も見せず、真っ直ぐに部屋に入り、「じゃ、津野国さんが帰られたら、もし寝ていても起こしてください」と言ってドアを閉めただけであった。

そんな淡い二人の関係ではなかった、と知花は思った。誰のせいでもないと言うべきでもあり、誰もが深い罪業を負った過去でもあった。

知花は見合いで津野国嘉治郎と結婚した。まじめで成績も優秀。何より会社では誠実で、家族や周囲に対しては温かい優しい配慮を示せる男だという仲人の触れ込みはその通りであった。知花は夫に何一つ不満を持てなかった。深酒をして自分を失うこともない。家庭に会話がないでもなかった。嘉治郎は会社であったことを細々《こまごま》と妻に語る男であった。休みの日にはささやかなファミリー・レストランではあっても外で食事をしに行こう、とこまめに誘う。嘉治郎は同じ私大の工学部の後輩で、共に山岳部にいた並河武彦もかわいがっていて、武彦が外食に頼った独身生活をしているのを気にしてよく家に招いていた。

夫の善良な退屈さを、初めて感じさせたのが武彦だった。夫は常にまっとうなことしか言わない。常識的で、それが悪ではないだけに、会話にスリルも新鮮味も感じられなかった。しかし武彦は違った。ちょっと危険なことを言い、しかしそれを深く意識していてすぐに矛《ほこ》を収めるところもあった。

自分が長期の出張に出る時、嘉治郎は知花に何かあったら並河が見てくれるもののように思っているのは不思議だった。妻が自分の後輩と特別な仲になろうなどとは、決して疑わないのである。嘉治郎といると、その傍《そば》にいる人間のすべてが、いずれは悪魔の役を引き受け、嘉治郎は自動的に傷ついた天使になる、という構図ができる。しかし嘉治郎はその卑怯さに全く気がつかないふりをしている。

その夜、夫が七時少し過ぎに帰るまで、武彦は自室から出てこなかった。ウィーンで会議があったとすれば疲れが出て眠ってしまったのかもしれないし、時差がいたずらして昼寝がそのまま夜のように続いたのかもしれなかった。

最近ではこの国でも、中国人や韓国人が増えたから、豆腐と納豆を売る店が数軒あるようになった。韓国製の海苔がいつでも買えるだけでも、昔とは雲泥の差だと言う人もいる。知花は鶏の生姜焼き、エビフライ、中華風の冷や奴といった、一応和食らしいものを取り揃えて台所で働いていた。途中何度も武彦が起きて来たのではないかという気配が気になって客間の様子を窺ったが、ドアはいつも閉められていて、やがて夕闇が迫ってくるまで、家の中は静まり返っていた。

夕食の席に着くと、嘉治郎はまず武彦に、依頼されていた運転手つきの借り上げ四駆の手《て》筈《はず》が整ったということを知らせた。むしろその手筈のために嘉治郎はオフィスに戻ったという感じでもあった。

「それはありがとうございます。ダムまではかなりあるでしょうから」

武彦は言った。

「その車は何か、旅行会社からですか?」

「いや、そういうものじゃないんだ。便利屋みたいにうちのオフィスに出入りしているユーセフという男の一族のものだけど、もう長い付き合いだから、信用してもいいと思う。強いて言えば、一族で四駆一台、軽トラック一台持ってるだけで、それで稼いでいるような感じだね」

「もちろん運転手も来ますね」

「大丈夫、値段も運転手つきで契約してるから。行くところを言ってやりさえすれば、かなり土地勘もあるし、わからなければ、事前に調べてから出発するくらいのことはやる。その点、この国の人間にしちゃ上できだよ」

嘉治郎は、運転手は、いつも従兄弟《いとこ》のうちの誰かが来るのだ、と言った。

「誰の従兄弟ですか?」

「うちとの仕事の窓口になっていて、いつも電話に出て来るユーセフという男の従兄弟さ。しかしその日運転して来るのは、誰だかわからない。とにかくユーセフじゃなくて、彼の従兄弟のうちの誰かなんだ。毎日顔が変わる。その度に名前を覚えるのが大変だった」

「みんな従兄弟なんですか」

「ああ、そうだそうだ。つまり資本は車二台くらいで、それを元手に皆でワークシェアリングをしているという感じだね。明日みたいに一人が遠出して金をもらうと、皆で分けて、それで二、三家族の十五人や二十人が食べているという感じだよ。何でも、従兄弟従姉妹《いとこたち》と言い切れる親族は、はっきり辿れるだけで、二、三千人はいるって言ってたから。両親が共に十人とか十五人とかの兄弟姉妹《きょうだい》で、それを何代か前まで辿るとそうなるだろうね」

「明日の予定はZダムですが……」

武彦が言った。

「湖の周辺は原則として武装地帯になってる。現場の管理事務所はダムの三キロほど下流だけどね、そこへ行く書類は持ってる?」

「持ってます。国土省水利管理部あてのものですが」

「途中に何度か軍の検問所があるから、乗ったらすぐ運転手に書類を渡して置くといい。運転手は信頼していいよ。明日は従兄弟の誰が来るかわからんけど」

「知花さんも来ますか。ダムを見たければ……」

武彦が誘ったので、知花はためらった。

「私が乗っていいんですか? 余計な者が乗っているって、途中の検問所で文句言われないかしら」

それを否定したのは嘉治郎だった。

「大丈夫だよ。実はどの現場も退屈してるんだ。書類が揃ってりゃいいんで、誰が何人来たかなんてことに、そんなに注意を払っちゃいないよ」

「僕の従姉妹《いとこ》ということにしておきましょう。この国は何でも従姉妹が幅を利かす土地らしいから」

武彦が言った。

その夜は遅くなってから、少し太った半月が海峡の上に出た。嘉治郎と武彦はテラスでブランデーを飲んでいて、

「この国は、外国人が酒を飲むことについては、あまり厳しくなくて助かるんだ」

という嘉治郎の声が知花の耳にも届いた。

翌日は朝七時過ぎに、やや古びたランドローバーを運転して、アハマッドというどこにでもある名前の男がやって来た。まだ若く長身で、珍しく毛むくじゃらではない感じのいい青年だった。

「Zダムまでは行ったことがあります」

と彼は言った。

「知花、知花。水のボトルを積んだか?」

嘉治郎が遠くから知花を呼んだ。

「はい、積みました!」

「暑いところだから、帽子も忘れないように」

「ええ、もう被ってます」

武彦が助手席に乗り、知花はバックシートに坐った。

「行ってきます」

知花が夫に手を振ると、嘉治郎は車に近づいて言った。

「よかったら並河君も後の座席に坐った方がいいよ。山道にさしかかるとエンジンが煩《うるさ》いから、前後に離れていると話もできない」

「じゃ、そうしたら？」

武彦はやっと腰を上げて知花の隣に坐った。

「気をつけて……」

笑顔で手を振る嘉治郎の前を二人は並んで通り過ぎた。しばらくの間武彦は無言だった。

「もう何年も会わなかったけど、君は幸福に暮らしていたようでよかった」

間もなく武彦が言った。

「あれから子供はね、自然にできなかったの。それに彼もほしがらなかったし」

運転手に聞かれるのを恐れてでもいるように二人の声は低かった。

「僕もずーっと人生を見て来たわけだけど、善意を持ち続けて生きていられる人なんて世の中にそう多くはないよ。そういう人の傍にいられるというのは、やはりいいことなんだよ」

「私はそれに疲れたのよ」

知花は言った。

道は片道三時間半ほどかかった。途中、道の左右には、荒れて乾いた不機嫌な丘陵が無限に連なっていた。

「日本にはないほどの大きなダムなんですってね」

「そうなんだけど、問題は水分の蒸発量が多くて、間もなく塩湖になるだろうという学者もいるんだ」

「作る時はそんな話はなかったんでしょう？」

「土木の仕事は生き物だから、作ってみないとよくわからないところはあるんだ」

「でも水を溜めるということはこの国では必要でしょう。水がないから、耕地にならない土地がたくさんできてるんですもの。水を溜めれば解決することなのに、と思ってたわ」

「そうもいかないんだ。水を溜めると、そこに塩分が集まって来て、水を抜いても、後、耕地にもならないこともある」

「じゃ、どうしたらいいのかしら」

「ダム全体にカバーを掛けて蒸発を防げばいいんだけどね」

武彦は笑っていた。

「琵琶湖より少し大きいというダムに？」

「周囲に深い森を造ればいくらかいいんだろうけど、すでに湖畔の土は塩分が強くなっているから、普通の植物は生えないだろうな」

「塩分に強い植物ってないの？」

「ヒルギの類ならいいかもしれない、という説はある」

「ヒルギ?」

「マングローブさ。海水で育つんだから、確かに塩分には強そうだけれど、どうだろう」

「ここは人間のすべての夢を打ち砕く土地なのよ。ほんとうに無残だと思うことがあるわ。だから過去の文化もつぶして来たのかしら」

やがて丘陵地帯のところどころに派手な色瓦を上げた白亜の家が目立つようになった。

「ここの人は、ドイツなんかに移民して働いてお金儲けて帰るの。そしてああいう豪邸を建てるのよ。周囲の誰からも羨ましがられる生活を見せつけるの」

「それができりゃ、いいじゃないか」

「嘉治郎さんの会社の現地の職員の、やはり従兄弟の話よ。そうやって一族の中でも羨むような家を建てたんですって。そしたら、或る日、大きな建設用のダンプが、坂で滑ったまま二階の部屋に飛び込んで来て、そのショックで二階が落ちて、子供三人が全滅してしまったの。雨期だったのよね。

二人は晩婚で、奥さんももうかなりの年になっていて、子供も産めない体だったんですって。ここの人にとって、何が大切だって子供が一番でしょう。血筋が絶えるっていうことは、もうこの世で最大の不幸なのよ。だから豪邸もなおさず、ご主人は頭が狂ったようになっているんですって」

「自然が厳しいと疲れるんだ、人間は」

「ここの夏は、ほんとうに暑くてものも考えられないわ。冷房をつけても、少しだけ冷えた空気の幕の向こうに、何十億年も暑いままで冷えたことのないような空気が、どかっと居すわっているのがわかるの」

「考えられないなら、つまり考えなくていいんだから、楽じゃないか」

「そうね」

時々アハマッドは、武彦も知花も知らないような知識を教えてくれた。ダムによってできた湖の周囲は、すべてが軍事基地に準じて立ち入り禁止になっているのではなく、北部の一部の水際は、釣りや水上スキーの基地として整備されているというのであった。

「この辺の内陸の人たちは、湖と言ってもわかりません。海と言えば誰でもわかります」

アハマッドは真顔で言った。

「そうだろうね、普通の人は誰も海を見たことがないはずだから」

武彦はそう言ってから思いついたようにアハマッドに尋ねた。

「君は首都に行ったことある？」

「ありません。母もありません。父と兄のうちの三人は行ったことがあります」

「飛行機でどれくらいかかる？」

「一時間半くらいです」

人は自分の住んでいるところから、そんなに遠くには行かないものなのだ、ということは、知花もこの国へ来てから思い知った。夫は仕事で始終国外へ出張している。兄もアメリカに留学した。日本では会うことを避けて来た並河武彦とは、こんな近東の国で出会う。これは異常なことなのだろう。

もし人が、ほとんど生まれた土地から動かなければ、彼はそこに深く根を張ることができるのだ。道端や庭の一本一本の木にも、下草の雑草の小さな花にも、充分に目配りができ、馴染みも深くなって親しい仲として死ぬまでつき合う。人が世界と感じる空間はその程度の広がりで充分なのだ。何もニューヨークやパリを知る必要などない。

武彦がダムの管理事務所で人と会っている間、知花は大きな木の木陰に停めたランドローバーに残っているつもりだったが、事務所の人は、冷房の効いた応接室に知花をおいてくれた。武彦は事務所長のオフィスに入った。話は三十分ほどで終り、応接室に知花を迎えに来た武彦は、

「少し走って、ダムを眺められる展望台まで行ってから帰る許可をもらいました」

と言った。

「ほんとうにダムサイトで遊ぼうとすると、ここからまだ三、四十分は車で走らなきゃいけないようだから、湖を一望して帰ろうか。遠くまで行っても、特に美味しいレストランもないようだし、町へ戻って食事をした方がよさそうだから」

展望台では、知花は言われるままに帽子をかぶってめくるめくような外に出た。琵琶湖よりほんの少し大きいという人造湖は、あまりにも広過ぎて目に映るのはただ色を失うほど明るい水面の光だけだった。ただ対岸の丘には引っかいたように抉《えぐ》れて見える個所があって、それは首都の大学が、新たな考古学的な遺跡の発掘調査をしているのだ、とアハマッドは説明した。

展望台の景色がどんなに雄大でも、そこはあまりに暑くて長く留まってはいられなかった。車に戻ると、武彦と知花は、つい先刻、管理事務所で冷たいコカ・コーラを出してもらったにもかかわらず、再び持って来たミネラル・ウォーターの壜の水を飲んだ。

「もう戻ってくれないか」

と武彦はアハマッドに言った。

再び小一時間ほど走ると、でこぼこの村の道に面した一軒の家の前で、アハマッドは車を停めた。

「ここは何なの?」

「私のイトコの家です。ちょっと渡すものがあるんですけど、すぐ済みますから待っていてください」

アハマッドが小さな白い小花をいっぱいにつけたジャスミンによく似た生け垣の向こうに姿を消すと、知花はくすくす笑い出した。

「また、イトコだわ」

しかしアハマッドは一、二分で戻って来た。

「イトコたちは留守で、家には誰もいませんでした」

そう言いながらも、アハマッドはすぐにランドローバーには乗り込まず、しきりに隣の家の方を覗いていた。

生け垣も木も視界にはいる限りのあらゆるものは、すべて整備されていなかった。道の表土には、雨が降ると自然の雨水が造る溝がはっきりと残っている。そこを痩せ細った猫がこちらを見返りながら横切った。

「イトコはいませんでしたけど、隣の家にちょっと寄って行きませんか？」

アハマッドは言った。

「君の知人なの？」

異国で、個人の家の中まで立ち入るという機会はあまりない。武彦は興味を持ったようだった。

「ええ、イトコの隣の家ですから、昔からよく知っているんです」

人の出入りする道は、草が踏まれて枯れているという形で残っていたが、隣家の前庭は庭と言えるような姿を残してはいなかった。それはただ自然の藪で、気候に合ったものだけが繁茂して残っている生存競争の実験場だった。向こうに家が見えていたが、それは灰色の古びたモルタル塗りで、しかもあちこちが禿げ落ちたまま直した気配もなかった。

アハマッドが声をかけると、その茫々の草むらの向こうに、男の頭が動くのが見えた。未だ四十台だろうと思われたが、顔は赤らみ、髪は薄くなっているので、頭の地肌が透けて見えるほどだった。

アハマッドの声を聞きつけると、彼は手を振り回し盛んに何か言ったが、それは喜んで迎えているというより、火事場で消火作業を指揮している消防士の行動のように見えた。家の内部も乱雑の一語に尽きた。窓ガラスの一部は破れたままだったし、家の床には、雑誌のページの切れ端、子供の玩具の一部、オレンジの皮、長いビニールひも、空壜などが散乱していた。

知花たちを見ると男はまだ感情の昂りを抑え切れないように腕を振り回しながら、中に入ってくれ、と素振りで示した。

「この人はここに妹と二人で住んでいるんです。お父さんは昔官吏で穏やかな人だったし、お母さんも上品な温かい女性でしたが、この人と妹を残してもう十年も前に死んだんです。周囲とうまくいかない兄妹ですから、イトコの一家がずっと気にして見ています」

男は家の中のソファに坐るように言ったのだが、知花はやんわりとそれを断った。

「このお庭の方がいいわね。木陰だと、風も涼しいし」

庭にも実は一台のソファが雨ざらしの恰好で捨ててあった。クッションは破れ、中のスポンジ風の詰め物が、はらわたのようにはみ出たものであった。男はしきりに、そこに坐るように、と知花に言ったが、知花は礼を言っただけで、立ったまま武彦に言った。

「私ね、こういうところには坐らない知恵をこの国に来てから覚えたの。だって必ずと言っていいほどイエダニにたかられて、今晩痒くて眠れなくなるの」

男は意味もなくせかせかと歩き回り、やたらと顔や腕を振るのは、不意の来客に興奮して何かを探しているからだ、ということはすぐに察しがついた。そして男が知花たちに見せようとしていたものは間もなく見つかった。それは黒と白の毛の塊のように見える生まれて間もない仔猫たちであった。彼は三匹を胸に抱いて、宝物でも見せるように、知花たちにその仔猫を見せた。

「かわいいわねえ」

知花も掌に押しつけられた仔猫の一匹に鼻を埋めた。

「ノミがいるかもしれないよ」

武彦は笑った。結局男は、三匹の仔猫のすべてを武彦と知花が抱くように顎で命令した。

「ほんとうに可愛がっているんだね」

武彦は言った。

「さっき道にいた野良猫の子供じゃないかしら。体の色と模様がよく似ているわ」

しかし男の興奮はまだ覚めなかった。恐らく電気設備が一斉にだめになっているか、料金の不払いのために電気の供給を切られている暗い家の中に入り、やがてボタンが幾つも取れたままの古びたブラウスに垢じみたジーパンをはいた若い女を連れて来た。女は緑色のお包《くる》みに包んだ赤ん坊を抱いていた。

「彼の奥さん？」

武彦は初対面の挨拶をした後でアハマッドに尋ねた。

「いいえ、彼の妹です。二人共生まれつきの障害者なんです」

男は今度は赤ん坊を知花たちには渡さなかった。彼は自分で赤ん坊を抱き、何度もキスを繰り返した。まるでその都度赤ん坊を食べてしまいそうだった。

「この妹さんには、ご主人がいるの？」

武彦はアハマッドに尋ねた。

「いいえ」

アハマッドははっきりとそう答えただけで、それ以上は何も言わなかった。男がアハマッドになにか早口でまくし立てるのを、通訳しなければならなかったからだった。

「皆さんに、お茶をごちそうしたいと言ってますが……」

アハマッドは言った。

「庭に生えている薄荷《ミント》のお茶だと思いますが」

「頂きましょうよ」

と知花が言った。アハマッドはお茶の用意が果たしてできるか心配になったと見えて、男について家の裏側に消えた。

「イエダニを怖がっているのに、お茶は飲むの?」

武彦は尋ねた。

「きっとよく洗ってないようなグラスが出て来るよ」

「あなたに薄荷のお茶を飲ませたかったからなのよ。この国ではね、貧乏人のお茶、という人もいるわ。道路沿いの荒れ地のようなとこの、どこにでも、いくらでも生えてるの。それを摘んで来るだけだから。

そしたら或る時、アフリカにいた人が、アフリカの貧乏人のお茶は、レモングラスというレモンの香りのするススキみたいな葉なんですって。それも道端にいくらでも生えてて、犬にオシッコひっかけられながら育つんですって。どこの国にもすばらしい貧乏人のお茶があるのね、って二人で笑ったのよ」

「そういうことを日本人は気がつかないんだ」

「うちの近くはビルばかりで、近くに薄荷が生えてるような空き地もないのよ。あなたに飲ませられなかったから、ちょうどいいの」

「あの赤ん坊……」

武彦は言って、会話の内容を言葉のわからない他人に、表情からだけで探られないようにするために遠くを見つめていた。

「僕の邪推かな。あの赤ん坊は、多分あの兄が生ませた子供じゃないか」

武彦は穏やかに笑っていた。

「私もそう思った」

知花はさらに付け加えた。

「兄妹の子でも、あんなにかわいがられて育つこともあるのにね」

それだけで二人の会話は途絶えた。

もう八年も前のことになる。夫が四カ月の予定でイランに出張していた時であった。

「もし並河が遊びに来たら、何かうまいものを食わせてやれよ」と嘉治郎は言って出たのである。それほどの、妻と後輩に対する野放図な信頼はいったいどこから来るものだったのだろう。それは嘉治郎の善人の証拠と人は言うかもしれない。仲人もそのような意味の賛辞を述べていたが、知花はそうは思えなくなっていた。どこからも非難はできない美徳で武装した嘉治郎に、知花は抵抗することを覚えたのである。

或る日曜日、武彦は知花の好きなスモーク・サーモンを手土産にやって来て、夕飯を食べて行くことになった。夫が出張して以来、知花はろくろく食事の支度をしなくなっていたが、その夜は久しぶりにロール・キャベツと牛肉の味噌漬けを焼いた。食事が終ると、二人はメニューその他の他愛ない報告をメールで嘉治郎に送った。半時間ほど経つと、嘉治郎からは

「よかったな。こちらの飯は最低。来る日も来る日も焼き肉とピラフばかり」という返信が来た。

二人して笑いながらメールを読んだ後、武彦は「葡萄酒を飲みすぎた。少し休ませてよ」と言って居間のソファに横になった。

その夜二人はほとんど一言も言葉を交わさなかった。まるで嘉治郎がひそかに仕掛けて行った室内の盗聴設備を恐れているようだったが、実は何を言っても、自分たちの行動に荒々しい爪を立てる気がしたからだった。

しかし武彦に抱かれた後で、知花は泣いた。誰を非難するでもない。嘉治郎に対する一方的な復讐だけでもなかった。すべての言い訳は浅ましく自分たちに跳ね返って来るように思えた。しかし武彦に対する執着は、それ以上に強かった。

二人の関係は知花が妊娠を知った後、一週間ほど深く迷いぬいたあげくに、子供を犠牲にするという残酷な道を選んだ時に終っている。仮に嘉治郎にすべての事情を話し、離婚し、武彦と結婚する、という一連の解決法を取れたとしても……その間の周囲の人々の反応の重さに知花は自分が耐えきれるとは思わなかった。しかしなかったことにして忘れればいい、というわけには行かなかった。知花が生涯で犯した最大の残虐な行為であった。

その代わり知花はもう武彦には会わない、という誓いを立てた。そして事実、二人の関係は疎遠になった。二人の男たちの仕事の忙しさが、新しい状況を自然に定着させた。

八年後にこうして武彦は突如として現れたが、それは知花が誓いを破ったからではなかった。二人の感情は罰を受けた結果のように最早部分的に干からびていた。

間もなく例の兄が、やはり興奮した口調で喚きながら家の裏手から現れた。彼はまだ赤ん坊を抱いていたが、傍《かたわ》らのアハマッドが捧げているアルマイトのお盆の上には、小さなグラスのグラスが二つ、緑がかった薄荷のお茶らしいものを満たして置かれていた。

「どうですか。味わってみてください」

アハマッドが言った。

「ありがとう。暑い日には熱いお茶がいいね」

武彦は額の汗を拭いながら、グラスを取った。何もかも眩しいほど自然で、そこには何一つ悔悟の匂いのするものはなかった。

生活者たち

わが町をやたらに愛している人を見ると、小山昭三は昔は辟易したものだった。そういう信条の人は地方都市に多いような気がした。東京在住の人間で東京の評判を気にする人など見たことがない。東京の悪口はいくらでも聞くが、悪口というものはそもそも言いっぱなしなのである。

確かに礼賛される地方都市には、絵になるような売り物があった。肌の際立ったきれいな女性が多かったり、城下町と桜が名物だったり、魚と蟹が雪の季節にはたとえようもなくおいしかったりした。しかし自然の美しい土地は、そうじて人間関係は狭量そうだった。伝統と慣習を何より重んじていると、人の生活をがんじ搦めにしてしまう。それでもそうした土地に住む人は、

「どうですか？　ここのご印象は？」

と聞くのである。それはあくまで褒め言葉を期待した質問であった。それに乗らないと、

相手はやがて「私はここが日本一住みいいところだと思ってますが」と付け加えるのである。

小山は東京の西方に伸びる私鉄の終点に近い住宅地に住んでいる。厳密に言えば、そこは東京ではないのだが、いわゆる地方出身者で東京に仕事のある人たちが集まって、そこも東京と見なして住んでいる土地であった。故郷を出た人たちだから、皆しがらみを棄てて生きているはずであった。その身軽な爽やかさが町の特徴でなければならなかった。

この住宅地が開発されて売り出されたばかりの頃は、出版社の社員でもなければ、こんな遠い郊外から都心の社までとうてい通えるものかと思ったものである。世間の人は理解しにくいことなのだろうが、出版社や新聞社の出社は時間が決まっているようでいて不規則なのが幸いした。小山の場合、出社は午前十一時でよかったから、何とか一時間十分の通勤時間が可能なのである。しかも小山の乗る支線の駅からは、三十分に一本始発電車が出るので、確実に座って六十分近くの読書時間も取れる。これは小山にとってなかなかの魅力だった。今どき毎日往復で二時間ずつの読書時間をもてる人はまれであろう。それだけで知的生活には差がつくというものだ、と小山は考えたのである。

もっとも朝は遅い代わりに、帰宅も決して早くはない。家が駅から五分という近さなので、最悪の場合終電車に乗れば、どうにかタクシーを使わなくても家に帰り着けるのはよかったが、まだ植えたての欅《けやき》並木の細っこい枝の先に、猛々しく見える星を眺めながら家路に着くのも珍しいことではなかった。

二十五年前のその土地は、家もまばらだった。都心と比べると地価が比較的安かったので、ようやく「マイホーム」を買えて移り住んだ人たちばかりである。敷地の面積も百五十平米がいい方で、百平米というのもあった。庭もあるかなしかだから、石や庭木に金をかけた家など皆無と言っていい。門のそばの駐車スペースは、どう見ても小型車しかおけないサイズだった。家も「いじらしい思いでやっと手に入れたマイホーム」という感じが見え見えのプレハブがほとんどだった。芝生を夢見て植えた家もあるが、小さなバーベキュー用の炉と椅子、テーブルをおくだけでいっぱいである。引っ越して来たばかりの時には、植えたばかりの切れ切れの芝生が、禿げ頭のように見えたものであった。

その代わりどの家も、競って花を植えた。始めはバラが多かったが、そのうちにバラブームは廃《すた》れた。バラは作ってみればむずかしいもので、素人は薬づけになるほど殺虫剤を使わねば育てられないのである。

小山は六十歳で出版社を退職した。ほんとうはもう少し働きたくもあったのだが、この不景気だし、往復二時間の車内の読書時間を評価するような小山たちの世代は、もう名実共に時代から引退しかかっていた。ケータイを眺める時間は増えても、印刷物は読まなくなったのである。本を読むも読まないも、当人の責任である。昔は本を読まない人間など山猿と同じだ、と頑固者の祖父は言ったが、今はそんな言葉は通用しなくなったのだろう。会社も余計な人間をおいておきたくないので、二度の勤めも思うようではなかった。相手よりも先に事情を察する癖のある小山は、そこで退職後に早々と隠居することを決めたのである。

何よりもそれが可能だったいささかの幸運はある。小山は昔から語学が好きだった。外語大学の卒業ではなかったが、フランス語を専門にしようと心に決めたのも運がよかった。理由はシャンソンが好きだったからなのだが、そんなことはあまり他人に喋ったことはない。現実問題として英語の翻訳者はいくらでもいるが、フランス語を専門とする訳者はそれほど多くない。小山は会社に籍をおいているうちから、度々ペンネームを使って翻訳をしていた。自分の名前が本の背表紙に出る時もあったが、ほとんど何もしていない有名な大学教授が表向きの翻訳者になっており、実質的な仕事はほとんど小山がやったというものもある。全く腹が立たないと言えば嘘になるが、小山は割り切っていた。いささかの余分な収入があれば、それでいいと考えたのである。

退職後も翻訳の仕事はぽつぽつあった。それが二度の勤めに執着しない一つの理由であった。

「コヤちゃん、これさ、ちょっと急ぎの仕事。で、あんたに頼むんだ」

というような要求に応じることができれば、そこそこ仕事はあるのである。推理小説なら会話が多いから、一カ月で一冊を仕上げることも不可能ではない。自分のテンポで、自分の家の、冬なら「居馴れた」炬燵《こたつ》の上でできる職業など、そうそうあるものではない、と小山は考えるのである。

小山はほんとうは住む場所には無頓着であった。食事をして、寝られる場所があれば、それでいいのである。しかし妻で編み物作家として少しはその世界で名前の売れかけていた春日《かすが》は、二十五年前、少しでも空気のいい、静かな土地に住みたいとしきりに望んだ。

小山は妻の春日を、或る学者から奪ったのである。「歴史の真髄」という隔月発行の雑誌の編集部にいた頃、小山は春日の夫であった高田元三郎の係で、一月おきに原稿を取りに行っていた。既にファックスで原稿の受け渡しができる時代だったにもかかわらず、高田は小山が毎回、原稿を取りに来ることを期待した。つまりもったいぶった男だったのである。

高田は自分が単なる大学教授ではなく、当時のいわゆる「タレント教授」であることを世間に知られたがっていた。全く畑違いの人から「君の社は、高田先生の仕事をいろいろ企画してるんだってね」と言われて、小山はあいまいに答えていたが、そんな企画はまだ話の段階で、社としては高田に確約したわけではなかったのを、高田はもう既に決定済みのように世間には言いふらしているようだった。

NHKの教育テレビに出た時などは、わざわざ小山のところまで「テレビでこういう話をすることになりました。お暇がおありでしたらごらんください」という予告の葉書が来た。お暇がおありでしたら、という言葉遣いに小山は嫌悪を覚えた。世間の男たちのほとんどはお暇などおありではないのである。小山にしてもそうだったが、彼は仕事のつきあい上仕方なくその番組を見た。そうしながらも小山は、高田が自分の宣伝めいた話をする時に見せる妻の春日の、かすかに侮蔑的な嫌悪の表情に気がつくようになった。春日は夫が、通俗的な自慢話をする時に、たとえその場にいても、たいてい顔を背けていた。

しかし或る時、教授と対面している小山がふと眼を上げると、教授の背後にいた春日と視線が合った。小山はその視線を逃さなかった。それが二人が高田を裏切ることになるきっかけだった。

春日は夫との結婚生活の齟齬《そご》を口にしたことはない。ただ初めの頃、小山が約束の時間より少し早く着いて高田教授の帰宅を待っている時、「先生は万事に完璧主義でいらっしゃるでしょう」と言うと、春日は小山の方を見ようともせず、「編み物がなかったら、私は生きていられませんでした」と言った。

その言葉が日を追うごとに次第に小山の中で重くなって行ったことは事実だった。あの夫婦がどう生きようと、自分とは関係ない、と小山は思おうとしながら、日に何度か春日のことを思い出すようになった。

夫がいない時間に編み物をしていられれば、それで幸せです、と春日は言った。それならそれでいいではないか、赤の他人の自分の出番ではない、と小山は何度も自分に言い聞かせたのである。しかしそのままの距離では済まなかった。そんな状態が一年も続いた後で、或る日小山が高田家に行くと、高田は大学の人事のことで気に食わないことがあったらしく、機嫌が悪かった。誰にも外界の齟齬が重く感じられる日はある。しかし他人がいたりすれば、一応感情を抑えるのが大人の仕打ちというものなのに、高田にはそれができないのだということを、まもなく小山は気がついた。小山がいるにもかかわらず、その日自分の命じていた知人の家に春日が電話をかけておかなかった、という些細なことだけで、高田は激しく春日をなじった。人前を気にする人間もいやだが、人前もかまわず妻を叱りつける男も常軌を逸している。小山にもその狂気に対する反感が、激しく湧き起こった。

高田の視線の届かないドアの陰で、小山はその日初めて春日を一瞬抱きしめたのであった。その時、二人は一言も言葉を交わさなかった。しかしそれが、それまでの執筆者の妻と編集者という関係を一挙に崩した瞬間であった。

高田夫婦の間には一人娘がいた。その頃既に小学校二年生であった。佳菜《かな》というその娘は、赤いランドセルの脇に定期券入れをぶら下げて電車で二駅のところにあるカトリック系の私立学校に通っていた。

「ご主人と暮らすのがあんまり辛ければ出てきたらいい」

と小山は、或る日、春日に言った。

「僕と暮らせばいい。贅沢はさせられないけれど、君を引き受けられる」

春日の額にかかった後れ毛が、小山の胸のあたりで、日差しに揺れていた。

「佳菜を連れて行っていいですか?」

と春日は聞いた。

「ああ、いいよ」

一瞬、小山の胸で、それだけは予想外の運命の変化だという思いが過《よぎ》ったが、春日を連れ出すのに、佳菜はおいて来い、と言うことはできない、と小山の心に冷静に命ずるものはあった。

春日が、どのような言葉で、小山と暮らしたいと夫に告げたか、小山は今でも知らない。しかし高田の取った手は、いかにも高田の考えそうなことだった。高田はいきなり小山の働いていた雑誌の編集長に面会を求め、同時にそのような不道徳な編集者を寄越した会社の責任を告発し、慰謝料を要求する、と会社宛てに内容証明の手紙を寄越した。つまり小山の事件は、一挙にスキャンダルとして社内に広まることになった。

「おい、どうする気だ」

と小山は編集長に言われた。その表情には、道徳的な究明とは一切無縁に、面倒なことを起こしてくれて、いい迷惑だ、という卑怯な困惑が溢れていた。

「あれは遊びで手を出したんだ、決して本気じゃありませんでした。うちの社の方でももう小山を決してお宅に近づけません、と言って謝っちまったらどうか？　要するに、元の鞘に女房が納まって、自分の原稿が近々うちから本になれば、あの大学教授殿はご納得なんじゃないか？」

当時は今ほど出版界も不況ではなかったのである。

「遊びではありません」

「そうか。しかし娘は決して母親にはつかない、と言ってるそうだぞ。お母さんは私を捨ててどこへ行くの？　私はお父さんのところにいる、と言ってるそうだ」

果たしてその通りかどうかわからなかったが、まもなく春日がとりあえず高田の家を出て、姉のうちに身を寄せるや否や、高田が娘に母の裏切りを吹き込んだことは想像に難くなかった。

こうした事件は結果だけが答えである。高田の家には高田の母親が移り住み、孫娘の世話をすることになった。娘も微妙な年頃で、

「何で引っ越ししたの？　お母さんといっしょにいる人は誰？」

と友達に聞かれるだけでも傷つく年齢だったと思われる。お祖母《ばあ》ちゃんと父親とさえいれば、差し当たって世間に自分の家の変化も覚られないし、自分の暮らしが大きく傷つくこともない。娘は現実的な道を選んだのである。

しかし一家のこのような分裂の結果は、春日が小山と暮らすようになっても、長い間尾を引いた。高田は意外と簡単に春日との離婚を承諾した。もちろん慰謝料など春日が取れる立場にはない。しかし高田もそれを請求することはなかった。編集部まで内容証明の手紙まで寄越して脅した姿勢とは裏腹に、高田はあっさりと事件を忘れて、この離婚を受け入れたように見えたが、それは春日によると、外に好きな女性がいたからだ、と言うのである。その

女性は、どこかの音楽事務所で働いているという話だったが、春日は会ったこともないし、高田は春日の知り合いの人物に、

「なあに、僕たち父娘は、あの母親が天罰を受けて不幸になるのを見届けてやりますよ」

と言ったという。その一言が、むしろ高田という男の人物像を顕著に表していた。

小山はたとえどのようなことがあろうと、春日と暮らすことが前世からの約束のように思え始めた。ほんとうは小山は無信仰で、前世も来世もないのである。小山の姉は、「早まることにはならないの？　あなたの年ならまだ二十三、四のお嬢さんとだって結婚できるのに、年上女房でいいの？」と言ったが、その時の小山は、春日より他の女と暮らすことは意味がないほどに思っていた。

二人は、初めの数年だけ、目黒駅の近くの小さな民間アパートを借りて、所帯を持った。幸福な時代だった。朝起きると、春日の声がする。それまでは一人で、むき出しの傷だらけの小さなテーブルの上に、必要最低限の皿とマグをなげやりに出して食べていた朝食が、こぎれいな秩序を保って朝日の中に用意されていた。インスタント・コーヒーが、ほんもののコーヒーと違うところは、香りがあるかないかなのだ、という当たり前のことに気がついたりもした。それまでの自分は、本とテレビと囲碁と、それだけがあれば、どんな時間もつぶせると思っていた。しかし春日がいれば、人生のすべてのことに、快い肉付けができるのである。

春日はそれまでやっていた編み物の仕事に精を出し、それがちょっとした収入になっていた。「自分の分の食費くらい稼がなければ悪いわ」と春日が言うので、小山は「結婚したら夫が出すのが当然だろう?」と答えていたが、「私は普通の奥さんじゃないんだから」と春日は応じなかった。「普通の奥さんじゃないなら、何なんだ?」と小山が聞くと「前科者」と春日は笑って答えるのであった。

都内の住処は便利ではあったが手狭なこともあり、春日はもっとのびのびと暮らせる郊外に住むことに執着し始めた。

二人が結婚して五年も経つと、春日の仕事もかなり落ち着いて軌道に乗って来た。週に二度、京橋の編み物教室へ教えに出かける。教室がない日は、展覧会に出品する作品の制作にかかる。頼まれて編む特別なものは、編み賃に糸目をつけない特殊な顧客のもので、そうした春日のファンも十人近くはいるようであった。

それだけの収入もあるようになったからだろう、どこか地価の比較的安いところを見つけて、二人の共有名義の家を建て、二人でローンを返して行けばいい、と春日はしきりに言うようになった。

「あなたは昼間家にいないけれど、私はずっと家で仕事をするの。だから家は住まいでもあるし、職場でもあるとても大切な場所なのよ」

と言われると、時には夜半過ぎまで家に帰って来ない小山は何も言い返せなかった。春日は小山の帰りの遅いことに文句を言ったことはなかった。もともと離婚した夫に従って、夜遅くまで起きている癖がついていたらしい。夫は夜自分が起きている限り、妻にお茶を淹れさせ、夜食を作らせ、テレビをいっしょに観賞させる。「手仕事があるから私には便利だったのよ」と春日は言っていたから、小山の帰宅の遅さも春日にはちょうどいいことなのだろう、と思うことにした。

小山と春日はそのうちに休みの度に、郊外の分譲地を探して歩くようになった。別に気に入った土地に当たらなくても、散歩かハイキングのつもりなら、それもいい時間つぶしだと小山は考えた。普段ろくろく歩きもせず、陽にも当たらず、締め切り後校了までの日々には、夜食に結構カロリーの高い仕出しを取って食べるような暮らしをしていると、腹も出て来る。春日の言いなりに歩くことは、健康にもいいことに違いなかった。

夫婦が今の土地に出会ったのは、土地探しを始めて六回目のことで、早く決まった方だと小山はほっとした。何よりいいのは、駅から歩いて帰れる。それも狐か狸の出そうな暗い土地ではなく、できれば街路灯や車通りのある表通り沿いに帰れるのを小心な小山は条件にしていたが、それにもほぼ当てはまった土地であった。

家はプレハブの会社に委託して、春日のアトリエを広く取れば、後は何の問題もない。夫婦の寝室は別、というのが小山の唯一の好みであった。夜中に起き出して読書をする癖がある。自由の確保はまず、夫婦別室から始まると思えるのである。

新しい家に引っ越すと、案に相違したことばかりが次々に起きた。まず前のアパートより遠くなったにもかかわらず小山の帰りは総じて早くなった。家が遠くなったという意識ができたせいか、最終の電車には乗る。できればその二本前の電車に乗る、という信じられない癖もついたのである。最初は通勤に時間がかかって本が読めなくなるかも知れないと考えていたのに、電車の中が読書の時間になった。

しかしいいことばかりではなかった。それまで別れた夫の元において来た娘の佳菜のことはあまり口にしなかった春日が、新しい家に来た途端に、佳菜のことをしきりに話すようになったことだった。

そのきっかけは、小山から見たら信じられないほどつまらない偶然であった。

春日は或る日、住宅地の中で、かなり遠くではあったが、一人の少女の姿を見たというのである。それは偶然、佳菜が通っているはずの学校の生徒で、制服姿から見ても、佳菜と同じくらいの年に見えたという。生徒は春日の姿を見ると、慌てて避けるように角を曲がってしまった。少し太ってはいたけれど、あれは佳菜だったのかもしれない、と春日は言うのである。

「そんなことはないだろう。この辺からだって、二人や三人はあの学校に通ってると思うよ。楽に通える区域なんだから。それに佳菜なら、うちへ寄って行くよ」

小山は軽くあしらったが、その日から春日は、佳菜にこだわるようになった。あの子は、自分を恨んでいる。それも深く深く恨んでいる。お母さんは、今こういうところに住んでいる。いつでも遊びにおいで、という手紙を出したのに、それに対して佳菜は返事も寄越さない。

「この家には、佳菜の部屋も作ってないのよ」

いない娘の部屋はいらないじゃないか、と言いそうになって、小山は自分を制御した。第一、佳菜の部屋については、春日は設計の段階から何も触れなかったのである。

「明日にもここのうちへ来たら、今のままじゃどうにもできないわ」

「その時は、僕が部屋を明け渡すよ。佳菜は僕の部屋に住めばいい」

「娘は、あなたの使っていた部屋なんかにいるのは嫌がると思うわ」

じゃ、どうすればいいんだ、というところまで追い詰めてはならないのであった。

もともと父親の仕打ちに批判的な反応も示していた佳菜だったから、離婚騒ぎが収まれば、春日は佳菜が自然に父親に造反して、自分を訪ねて来ると思っていたのである。しかしそれは全くの当て外れであった。佳菜は姿を見せず、春日は自分のしたことが、一番身近な者から批判されたと思い込んだのであった。

「たとえそうでも仕方がなかったんじゃないか」

或る日、小山は春日に言った。

「君と僕は、破廉恥な、不道徳なことをしていっしょになった。僕はそれでいい。非難を受けても、別に後悔しない」

しかし小山は持ち前の、いい加減な性格から、こうも付け加えたのであった。

「わからないよ。佳菜が大人になって、或る日、ふと思い直すことがあって、このうちを突然訪ねてくることがありそうな気がするね。僕はその日を待っているね。その時、僕にも娘ができるんだから」

「あなたは、自分の心に対しても、そういうごまかしができる人なのね」

「ごまかしじゃない。可能性を信じてるだけだ。世の中には、時々信じがたいことが起きる」

「私、この土地がいやになったわ。佳菜の亡霊がうろつくんですもの」

同じ学校の制服を着た同じ年頃の娘が一人、この分譲地のわりと近くに住んでいるというだけのことなのだ。家を新築して転居するというのは、あれほど春日自身が望んだことだったのに、春日は生活を楽しんではいなかった。雨の日でも、突然傘をさして出て行くのは、近くの公園の角で佳菜が待っている、という霊感のようなものがあったからだと後で言い訳したが、もちろん雨の小公園には人影もなかった。

念願の新居を手にして新しい生活を始めた途端、鬱に陥る人はよくいるという。目標に到達してしまうと、次の目標が探せなくなって、人の心は漂うことがあるのだろう。小山にはそんな不安は何一つなかった。意外と夜も早く帰って来られるようになったとか、思いの外《ほか》電車の中で本は読めるものだ、ということを喜んでいるだけである。小山にとって日々は悪安定の連続だった。ずっと昔からそうであったのだ。

土地探しに歩いている時には、小山昭三はいつも春日といっしょだったが、定年後の小山はよく一人で家の傍《そば》を歩き廻っていた。そして同じ道をできるだけ通らないように心を配っていた。同じ道にも発見はあると知っている。しかしそれでもなお道は一種のささやかな探検であり続ける方がいいような気がしていた。

すると或る日、小山は、北側の低い尾根を越えた細い農道の向こうに、奇妙な土地があるのを見つけた。狭い、一種の谷に向かって斜面になっている低地があったのである。この開発ブームなのに、そこら辺はまだ手つかずの荒れ地のままに放置されていた。北向きの斜面は、一年中ほとんど陽が当たらないらしく冷え冷えとしていたし、驚くべきことにそこには見苦しい仕切り場が出現していたからであった。

小山が感動して立ち止まったのは、やはりそこにおかれているのか捨てられているのかわからない古物の山の光景だった。古冷蔵庫、テレビ、錆びた自転車、壊れた樋《とい》、はずれてばらばらになりかけた金属製の戸棚、割れた油絵、鏡の半分、昔の木製の臼《うす》、欠けた石灯籠、使われなくなった公衆電話、瓦解する寸前の籐椅子、濡れて人間の死体のようになったマットレス、割れかけたプラスチック製のバケツ、何本もの糸が切れているラケット、足のとれた食卓、ガラスのピースが幾つもなくなっているひん曲がったシャンデリア、動物捕獲用の金物の檻、松葉杖の一本、ペイントの剝げた保安帽など、およそ、想像できる限りの奇妙なゴミが集められていたのだった。

「今日はおかしな場所を見たよ」

その日、小山は春日にその話をしたが、春日は「不法投棄でしょう。私自転車で、その土地の傍を通ったことがあるわ。市が片づければいいのに」と言うだけでほとんど興味を示さなかった。

その年、十二月に入っても、寒さはまだそれほど厳しくはなかった。あの北向きの土地に北風の強い雨の日に行くのはかなわないと思いながら、それが晴れた日だったので、小山はもう一度同じ場所に行ってみることにした。あそこに捨てられているものには、どんなものがあるか、書き留めておくのもおもしろいような気がしたからであった。

観察という行為は、決して一度では完了しないものだということを、小山は改めて感じた。先日はなぜか眼に入らなかったのだが、このゴミ集積場には、明らかにゴミに埋没したような人間の小屋があった。寄せ集めの雨戸やガラス戸にわずかなビニールトタンを屋根に使って、斜面に張りつくように作られている。なぜそれが目立たなかったかというと、その不細工な小屋の屋根全体に朝顔が繁茂しているからであった。まるで偽装網のようにすっぽりと屋根を覆ったたくましい朝顔には赤っぽい紫の花が季節外れに咲いていて、ゲリラに襲われるのを隠している兵舎のように見えた。

小山が驚いたのは、その陰から、一人の背の高い男が、のっそりと現れたことだった。

「すみません」

小山は思わず謝った。

「勝手にお宅の土地に入って眺めていました」

もう六十歳を過ぎていると見える男はこちらに向かってゆっくりと歩いて来たが、その顔には微笑も浮かんでおり、小山は危険を感じることはなかった。

男は小山と並ぶと、かつてそんなことはしたことがなかったように、もの珍しいという表情で、雑物の墓場を眺めた。

「長い時間がかかった」

と男は言った。

「こうなるまでには、二十年はかかってる」

「これは売るんですか」

小山は尋ねた。

「買ってくれるという人があれば売る。ほしいという人があったら、持って行ってもらう」

「でもあなたが集めたものなんでしょう？」

「そうだけれど、ものは行くべき場所に行くのがいい」

男はそう言ってから、

「うちへ入るかね？」

と尋ねた。

「おじゃましてよろしいんですか？」

男はそれには返事をしなかった。小山は彼の後ろについて歩きながら、彼の背の高いしっかりした肉付きの体は、子供時代に充分な栄養や運動の結果、育てあげられたもののような気がしてならなかった。

小屋の中ももちろん雑然としていた。木片を釘でうちつけただけの床の上に散らした雑誌が畳をかねて防寒の目的を果たしているように見えた。上にくたくたの布団らしいものがつくねてある。形は細長い不定形の空間だったが、広さは八畳分くらいはあるかと思われる広さだった。

中でも小山の眼を引いたのは、その一隅においてあるピアノだった。それはありふれた外見ではなく、ところどころに違う質の木を使った華麗な象嵌《ぞうがん》がほどこしてあった。さらに左右両側から譜面を照らすための蠟燭を立てる腕木が出ていた。

ピアノの蓋は開け放してあったので、小山は黄色くなった鍵盤を押してみたが、手応えはなく、音も鳴らなかった。

「もう臓腑の底まで腐ったピアノさ。人間ならとっくに死んでる。つまりこれはもうピアノではないんだ」

「こんなもの、どうして運んで来たんです?」

小山は尋ねた。

「捨ててあるのを見つけて、ほしかったから、知っている奴に相談したのさ。そしたら村の農家の持っている小型トラックで上の道まで運んでくれることになった。三千円払ったけどな」

「ピアノを弾くんですか」

「俺が?」男は言ってから微かに笑った。

「いや。俺は弾かないよ。お袋が昔弾いてた」

男が言うところによると、彼の祖父は生糸の商いをしていて、その昔ここから二、三キロ離れたところにある大きな欅林の中に「別荘」と称するものを建てていた。猟銃が好きで、猟犬も飼っていた。

「お袋はお嬢さまで、ピアノと声楽をやっていた。オペラ歌手になりたかったんだろうけど、もちろんそんな才能があったわけじゃないよ。戦争もあったし、そんな夢は持てなかった時代さ。でも戦前からうちには音の悪い蓄音機があって、始終オペラが鳴っていたとお袋は言うんだ。だから俺も、ずっとオペラを聴いて育ったんだよ。プッチーニにビゼーだろう。ロッシーニやヴェルディを子守歌代わりに聞いていたからほとんど覚えてる」

彼の母親のピアノはいつも蓋が開いていたような記憶がある。だから部屋にピアノがほしかったのだ、と男は言った。

「鳴らなくてもですか？」

「俺の耳には鳴ってるんだよ」

男は笑った。詳しくは言わなかったが、彼はずっと母親に逆らった懶惰《らんだ》な生活をしながら、或る時ワーグナーのタンホイザーを聴いて泣いたのであった。

「タンホイザーなんて、あんな時代遅れの筋で泣いたんですか」

小山は少し呆れたように言った。

「それもいい年になってからね。俺は、若い時に一度もああいう清純な青春を味わったことがないと思った時、泣いたんだよ」

男はそう言ってから、小山に尋ねた。

「あんたはどこに住んでるんだね」

「丘のちょっと向こうです。ほら、分譲地がずらっと並んでるでしょう？　そのうちの一つです」

「堅実でちゃんと収入のある人たちが住んでるところだ」

男は無邪気な笑い顔を見せた。

「そう思われてますけどね。どうでしょう。この土地は、あなたが買われたんですか？　それとも他人の土地を勝手に使ってるんですか」

「名義上は祖父《じい》さんの最後の土地で、放置されてるのを俺がもらったんだよ。崖っぷちの土地だから、誰も手をつけずにいたのさ。まだこの辺がほんとうの田舎だった頃、俺の祖父さんが誰かの借金のカタに取ったもんだそうだ。地形だって幅が十メートルしかないようなどうしょうもない土地の切れっ端だからね。誰もこんな土地は見向きもしない。造成しなきゃ、斜面で家も建たないしね。まともに陽が差すのは、太陽が真上に来た時だけ一時間くらいだ。それでどうやら育つ植物だけ育つ」

「あの朝顔は奇妙な朝顔ですね。冬というのに、しかも何で今この午後の時間まで咲いてるんです？」

「最近種の宿根朝顔なんだ。来年も植えっぱなしで育つんだそうだよ」

男は苦笑いしているようだった。

「そうとは知らずに、道端に咲いてるのを抜いてきて植えたら屋根の上に這い上がって、なかなかよくなった」

「あなたは幸運な人ですね。ここに小さな土地が残されてて、しかもここが好きなんだ」

小山は言ってみた。

「そうだな。ちょっと前は、俺は千葉の鴨川にいた。だけど、俺はここへ何としても帰りたかったんだ。お袋の育った家、俺も暮らした土地だからね。お袋が今でもその辺を歩いているような気がするんだ」

　小山は何とも言えなかった。

「お袋はものぎれいで、いつも楽しそうだったよ。今考えると、楽しいわけがない時でも、楽しそうにしていたよ。俺は別に道徳家じゃない。でも楽しそうにしているっていうのは、端正でよかった」

　あなたの生活は、しかし端正じゃありませんよね、と言いかけて小山は止めた。この男がここにこうして脱落者のような暮らしに落ち着くまでのことは何も知らない。しかし考えてみると、この男の生き方自体も、どこにも嘘偽りのない、端正なものなのかもしれなかった。

「一つ聞きたいんですけど」

　小山は言い、相手の眼の色の中にそれを差し止めるものが一切ないのを見確かめると言った。

「何で、こういうものを集めてるんです？」

「集めちゃいないさ。金になるとも思ってない。しかし手元においてこうして眺めてると、これが元あったところでは、どんな生活があったのかな、と思うのさ。だから俺にとっては、無限の楽しさだね」

「なるほど、でもそれはあなたの幸運の結果だな。何を置こうと人から文句を言われないだけの土地を持っていたんだから」

「そうだね。俺は自分が育ったこの辺の土地が好きなんだ。もっと南の方だけど、どこよりも春一番早く、連翹《れんぎょう》が咲き乱れる斜面もあった。桜の大木が、作り物みたいな花吹雪を散らす坂もあった」

「どのあたりです？」

小山は聞いた。ひそかな桜の名所があるとすれば、来年からそこを見たいと思ったからだった。

「今は跡形もないよ。歩道を作るために拡幅しなきゃならなくて切っちまったからな。通学路に当たってたから、一も二もなくさ」

小山は頷いた。

「俺の子供の頃は、この辺の百姓の庭には、どのうちにも名木が一本ずつはあったもんだ。大きな紫木蓮とか……、毎年ひたすらなり続ける柿の木もあったな。柿は実の鈴なりの頃は、夕日にあたるとほんとうにきれいだった。歌舞伎の舞台面に出て来るような梅の古木もあったしね。幹に苔が生えてるように見える奴だ。向こう側の谷には清水が流れていて、セリも生えたし茗荷《みょうが》も自生していた。ここはほんとうに、いい土地だったんだ」

「今はお一人ですか？」

「一人だよ。結婚しなかったから、誰もいない。ママはずっと前に死んだしね。俺は死んだら会えると思ってるんだ」

男の口から初めてママという言葉が出て小山ははっとしたが、気づかないふりをしていた。

「うちの家内は、前の夫のところにおいて来た娘の姿ばかり心の中で追い続けているんですよ。娘が或る日突然やって来て、うちの小さな玄関の呼び鈴を鳴らす日だけを夢見てるんです。つまりその日が来ないと、自分は幸福になれないと言うんですよ」

「帰って来てしまえば、帰って来る日を夢見ることもできなくなる、って言ってやったらどうだね。帰って来ていないからこそ、帰って来る日を待てるんだ。俺ならそう思って、毎日楽しく待つよ」

「帰ったら言ってやります。納得するとは思いませんけれどね」

その日、春日は夜遅くまで外出していた。そして小山が、あの仕切り場の男の家を訪ねた話をしても、特別に興味を抱かなかった。ただ春日は「ノミをもらってこなかったでしょうね」と小山に言った。

「わりとものぎれいに暮らしてたよ。見つからないようにドラム缶を下から薪で燃して、野天風呂も沸くようになってるんだそうだ。昨今、煙を出してると、煩《うるさ》いからね」

「いずれにせよ、汚い暮らしをしてて皆迷惑してるわ」

でも、あの男はこの土地を心底愛しているんだ、と小山は言いそうになって口をつぐんでいた。

無口

第一章

私は或る年、歯科医を探していた。私は年のわりには歯が丈夫で、まだすべて自前なのだが、それは甘いものが好きではないのと、少し異常を感じると放置せず、すぐに処置をしに行っていたからかもしれない。

新しい歯科医が必要だったのは、それまで掛かっていたクリニックが休業したからである。経営状態が悪かったわけでもなく、医師当人が病気だったという噂もない。故郷の老父が年老いて医院を継いでくれ、と言われたのではないか、と私は想像した。

その時ばかりは私は、冷たいものに触れた時と、ごく稀に甘いものを食べた時に染みる歯を約一カ月間放置した。いわゆる虫歯の痛みとは、違うものだったからそれで済んでいたのである。

そのうちに私は新しい歯科医を見つけることになった。近所の美容院で教えてくれたのである。

「駅前から二本目の通りの坂をくだって行って二つ目の角を左に曲がると、すぐ左手に看板が見えてます。今ごろだったら、百日紅《さるすべり》がきれいに咲いているんじゃないかしら」

この美容師さんは、園芸狂と言ってもいいほど植物好きだったから、私はせめて目印の百日紅が咲き終わらないうちに、新しい歯科医院を見つけておかねばならないと思った。

「ただし少し変わった先生ですけどね」

「どういうふうに?」

その問いを発したほんの一瞬の間の私の気持ちは複雑であった。治療費が自費だけでやたらに高くても困るし、愛想がよすぎて営業的感覚がありすぎる医者も嫌いであった。

「とにかく口をきかない方なんです。怒っているんじゃないんですけど」

「患者の歯がどんな状態かも説明してくれないの?」

「最低限だけはするんですよ。でもどんなに長いお付き合いになっても、医者と患者の関係以外のことは何も言わないんです」

「それで充分じゃありませんか」

私はほっとしていた。私はどちらかというと、この世には会話よりも静寂が多い方がいいと思うたちだった。松籟《しょうらい》や波の音、通りを過ぎて行く自転車の走る音とかを聞くのは好きだったが、雑踏や無意味な会話の騒音にさらされるといつも疲れてしまうのである。

「もっと変わっているのは、その先生、今はもう中年ですけどね、昔は普通の内科医になろうとしてたんですって。それを途中で止めて歯科医になったんだそうです」

「そう？　何でも結構よ。見てくださりさえすれば」

出世コースにいた銀行員が、やめて作家になったという話を聞いたとする。その人がなぜそんな道を選んだのか、他人はとうてい知ることはできないのだから、私は理由を聞こうという情熱を持ったことがない。

私は教えられた電話番号にかけて予約の時間を取り、すぐに翌週でかけて行った。やや古めかしいクリニックで、この近辺にも同業者は多いだろうに、それらを蹴落としても流行る医院にする気は全くないらしかった。

初めてその医師に会った後も、私は彼についてあまりよくわからなかった。マスクをはめていたから、道で会ってもわからないかもしれない。やや高めの中肉中背、眉の濃い二重瞼であるところをみると、もしかすると世間で言う美男なのかもしれないが、この人が我が家に入った強盗だとしても、私は警察にその風体容貌を告げることは大してできなさそうであった。

しかし虫歯は着実に治ったし、私は歯が気持ちよくなったことに感謝していた。三回ほどの治療で、私とその医院とは、一応縁が切れたのである。

私がその人のことを思い出したのは、それから数カ月経って、教会の婦人会の席で、私の従妹に当たる女性から、「こちら『えんどう』さん。ご存じでしょ?」と一人の婦人に紹介されて戸惑ったのがきっかけであった。こういう時、知らないと言えば、相手に失礼にあたるような気がするものである。しかし私には、親しい関係で「遠藤」という知人はいないのであった。

「どちらの『遠藤』さんかしら」

と私は従妹に尋ねた。高井戸の「遠藤」さんとか、スイミング・クラブで顔を合わせているはずの「遠藤」さんとか言われれば、思い出すかもしれない、という感じであった。当時、私は人並みにスイミング・クラブに通っていたのである。

「歯医者さんに行っているでしょ。駅前から二本目の坂を下りて行ったところにある円堂《えんどう》デンタル・クリニック。あちらの先生のお母さま」

「ああ」

私はすぐ思い出した。「えんどう」と聞くと、私は極《ご》く月並みに遠藤という字しか連想しなかったのである。

円堂医師の母という人は、まだ七十代半ばと思われた。焦げ茶というか栗色というか秋色のスーツをきれいに着こなしていた。髪は純粋の白髪だったが、それが輝くようなプラチナ色の白で、眼鏡を掛けた顔によく合っていた。

「この間、あなたが道の反対側に立っているところが見えたんだけど、自動車が続いて来て道を渡れないうちに、円堂先生のクリニックに入っちゃったから、ああこの頃は、あそこで歯を治しているんだ、と思ったのよ」

この従妹の夫は、昔は小学校の校長だった人で、私の家とあまり遠からぬところに住んでいるのだが、町のことも私のことも、私と違って情報通であった。

その時は、白髪の婦人に「ご子息さまの先生にお世話になりまして……」と挨拶しただけだった。

その時、相手が「よくアフリカにお出かけだそうですね」と言ったのだが、私は「ええ、仕事で止むを得ず……」と答えた程度であった。私はいやいやアフリカへ行っているわけではないが、ハワイやパリと違って、楽しみで行くと言い切れる場所ではなかった。しかし私の読者だという人の中には、私が取材のために、よくアフリカへ行くことくらいは知っていてくれる人もいたのである。

それからしばらくして、また私は歯が悪くなった。昔入れていた金冠が取れてしまったのである。痛みはないが、カバーが取れてしまった歯は痛むに違いない、という先入観はあった。それに再度、私はアフリカへ行く予定も迫っていたので、歯は治しておかねばならない、という思いもあった。

そこで私は再びあの、あまりものを言わない医師の治療を受けることになった。金冠の下を処理することは、大して面倒なことではないらしかった。

ただ驚いたことに、今度は治療を受けたあと、円堂医師がマスクをはずして、

「今度はアフリカのどちらに行かれるのですか?」

と尋ねたのである。個人的な話はほとんどしない人だという前提があったから、私はびっくりしたのであった。

「マダガスカルと南アフリカです」

私は答えた。

「南アは通過地点で、経済的な援助をしたエイズ・ホスピスにちょっと寄りますが、ほんとうの仕事はマダガスカルです」

私はもう四十年近くも、海外で働くカトリックの神父と修道女の活動に対する資金援助という仕事を続けていて、一つの事業が完成すると、それを確認しに行くのがアフリカへ行く目的だったのである。そう答えてから、私は、

「何か、アフリカにご用でも……」

とおかしな聞き方をした。

「いや、何もありません。ただ、昔、コンゴにいたことがあります」

「コンゴ? どちらのコンゴ? コンゴ民主共和国の方ですか、それともコンゴ共和国の方ですか?」

似たような名前だが、れっきとして別の国である。しかし私はしばしば素人風に、その二つの隣接した国を、右のコンゴ、左のコンゴという風に言うことさえあった。コンゴ川を挟んで、それら二つの国は東と西に位置していたのである。東のコンゴは旧宗主国がベルギーで、現在の首都はキンシャサ。一時ザィールと言った時代もある。西側のコンゴは旧宗主国はフランスで、首都はブラザヴィルであった。共に公用語はフランス語である。しかし多くの人々はフランス語を一言も解さず、それぞれ部族の言葉を話していた。

「私が行ったのは、ザィール時代のコンゴですが、あなたが取材か何かでおでかけになったと新聞で拝見したものですから……おいでになったのはいつですか」

「二〇〇六年です」

「そうですか」

円堂氏は、何か心の中で計算しているようだった。

「先生はまた、どうしてああいう土地へいらしたのですか?」

と私は尋ねた。ああいうという表現はしばしば侮蔑的に使われるものだが、私にはそんな単純な意図はなかった。アフリカの物語はしばしば強烈過ぎて、侮蔑でも尊敬でもなく、ただ圧倒されるほどの強烈な現実を突きつけることが多いからであった。

「行ったのは、もう三十年以上も前のことです。医学部に入って二年目です。もっとも二年浪人した後の話ですが……」

私の周囲には誰も医学部へ入った者がいない。したがって実情は全く昏《くら》いのだが、医学部などに入ると、とてもアフリカをふらつく暇などないのではないか、と尋ねたのであった。

「おっしゃる通りです。私は実に軽薄な、逃避的な理由から行ったんです」

円堂氏は言った。

彼に医学部に入れと言ったのは、母であった。母は医家に生まれ、医者に嫁いだ。弟の一人も医師であった。母にとって予想もしなかった不幸は、夫と弟を相次いで亡くしたことだった。夫はがんで、弟は歩行中の歩道で居眠り運転の車に引っかけられたのである。

一人息子として残された息子を、母はどうしても二人の男たちの遺志を継いだ仕事につけるべきだ、と考えたのだった。

「そうおなりでしょうね」

と私は言った。それでこそ、二人の男たちの現世での思いは引き継がれ、もし来世にも「安堵」ということがあるのなら、その思いがかなえられそうに感じたからだった。

「私も半分はそうだろうと納得したからなのですが……」

「ほんとうは、何におなりになりたかったんですか?」

と私は尋ねた。

「まあ、何でもいいとは思っていました。友達がなるような職業、銀行員でも、商社勤めでも、まあ生きていけるなら何でもいいとは思ったんです。どれもだめならピアノの調律師にでもなるか、と思ったこともあります」

　この人は絶対音感があるのだな、と私は推測した。世の中に鳴り響いている音という音が平気で狂っている。それが辛くてたまらない、と言った人がいる。調律師になって、一個ずつでも楽器の折り目正しい音色を取り返して所有者に返すのは、爽快なものだろうな、と私は勝手に理解したのであった。

　二浪した彼は私大の医学部に入学した。するとまもなく、言いようのない息苦しさを覚えるようになった。支払った入学金の高さの手前にも、そんなことは言い出し兼ねることだったし、敷かれたレールに乗るのは嫌だ、などと言うのは身勝手だと知ってはいるが、現実を拒否しなければ、自分が呼吸できないような閉塞感に捉えられた。

　彼は何度も母と言い争い、短期の家出もし、それから親子関係が破壊的な結果になることを覚悟してアフリカをしばらく放浪することにした。それが精一杯の妥協点であった。もっとも彼はそんな風な言葉で私に言ったのではない。彼は感情抜きで、ただことの成り行きだけを話したのである。

「大変だったでしょうね」

　と私は言った。

「そうです。大変でした」

「どうしてアフリカだとお思いになったんですか？」

「誰にも、心理的に追いかけられないような土地まで行きたかったんです」

「アフリカのどこをお選びになったんです？」

「観光案内を見て決めるような土地ではありませんから、まるっきり知らない土地へ行けばよかったんです。ただ行くとなると、母がまた出てきました。母はまあ僕を心配して、少しでもつてがある人を各地に探してきて、そこで土地の情報を得るようにと言ったんです。見て廻るにしても、どこに何があるか、土地の人に教えてもらう方がいいということでして……」

母が期待したのは、秘境の村とか、人に知られない滝とか、珍しい動物がみられる森や沼などだったのではないか、と私は一方的に邪推した。

「それで初めは南からまずＲＤコンゴに入り、それからコートディボアール、シエラレオーネ、ブルキナファソ、などに行くつもりでした」

「おもしろい国をお選びでしたね」

「いや、結局母が、それらの国で働いているカトリックの修道女たちを探し出してきたんです。母にすれば、そういう衛生状態もよくない途上国に行くので、私が病気にでもなると困る、というような感じだったのだと思います。私は、何の目的もない逃避的な旅ですから、ほんとうは何もしなくてよかったんですが……まあ、そうした国で、診療所なんかで働くシスターたちに会うのも表向きの立場上、悪くはないか、という気分になりました」

「留年して行かれる意味もでるかもしれませんしね」

「それはまあ……」

そんな甘い話ではない、と言いたげであった。

その時、看護師の一人が「××さんが、今来られましたが」と患者らしい人の来訪を告げたので、私はそのまま話を切り上げる仕草をした。

「お忙しいのはわかっていますが……」

と円堂氏は遠慮がちに言った。

「次回のお約束は五時半ですが、その日は後に患者さんもないので、治療が終わった後、ちょっとその時の話をさせて頂いていいでしょうか。伺いたいこともありますし」

「はい、もちろん、どうぞかまいません」

評判とは違う、と私は思った。何も喋らないぶっきらぼうな愛想の悪い歯科医師だという世間の印象とは少し違う。ただこの人は、喋る前に私とは違って、かなり念入りな心理の予行演習が必要な人なのではないか、と私は思った。

第二章

円堂氏のクリニックに行く日はそれから約十日ほど後のことであった。

円堂デンタル・クリニックがあまり流行らない医院なのか、それともその日最後の予約の患者の診療が終わった後は、いつも同じような静寂が訪れるものなのか、たった一人残った看護師らしい女性の姿もいつのまにか消えて、私は玄関脇の古い応接室のような部屋に通された。そこには縦型ピアノがあったが、毎日円堂氏がそれを弾いているような気配もなかった。楽器というものは、妙にそうした事情を告げることがある。

しばらくすると、「お引止めいたしまして……」と円堂氏は白衣を脱いだブルーのワイシャツ姿で現れた。ソファに腰を下ろしてからややぎこちなく、

「コンゴのお話ですが、コンゴのどこへいらっしゃったのか、伺えればと思いまして」

と言った。

その質問は、この大きな中央アフリカの国を知る者にとっては、かなり変わった質問だった。コンゴという国にはどういう日本人がどういう目的で行くのか私にはわからないけれど、恐らく行くのは、首都のキンシャサに決まっている。後はまれに変わり者の人類学者や動物学者などが、コンゴ川を遡《さかのぼ》るいわゆる「探検」の旅に行くこともあろうけれど、それは例外で、後は広漠たる、やや悪意のある自然があるだけだ。もっとも現在はアフリカの資源を狙う中国人が恐ろしい勢いで流入しているというから、そうした目的の人々なら、奥地にも入るだろうが、そこには道もなく、着いた土地には安全な水もなく、電気もない。ただ暗黒の大地と疎林《そりん》が続くだけという村々も多い。奥地へ行くということ自体が、生半可なことでは

ないのである。まず日数がかかる。川船に何日も乗らねばならないこともあろうし、状態のいい四駆でも途中で故障したら修理の方途もない。夜になれば、ほとんど力ある光源もない暗い村々には、まともな宿泊施設もない。野宿は持ち物を取られるさまざまな要素があるから日本と違って不可能なのである。だから私の常識の範囲では、日本人が首都以外の土地に行くわけはほとんどないのであった。

「もちろん、キンシャサです。そこに知人のシスターがいらしたものですから」

と私は答えた。

「高橋菊枝《たかはしきくえ》とおっしゃるシスターですね」

「そうです。先生もあの方にお会いになったのですか?」

別に大した偶然ではなかった。何しろ日本人の数はごく少ないのである。

「キンシャサの修道院の本部で、シスター高橋にはほんの二日ばかりお目にかかりました。ちょうど翌日からあの修道会の全アフリカ連絡会議のようなものが象牙海岸《コートディボアール》のアビジャンであるというので、どうしても出発しなければならないと言っておられました。でも必要な紹介状や連絡は全部してくださった上で発たれたんです」

「それはよかったですね。私はキンシャサだけでなくキクウィトまで行きました。私たちの調査団には何人かのドクターたちがおられたので、やはりキクウィトに行って、いろいろな人にお話をお聞きになった方がいいと思って、あんな辺鄙《へんぴ》なところも旅程に入れました」

キクウィトというのは、首都のキンシャサから約五百キロほど東に位置した町であった。そこへ行く道は、地図の上では一応自動車の通行可能な舗装道路だと描いてある。しかし誰も車で行くことを考えないというのは、それがどれほどの穴ぼこだらけの悪路かを皆知っているからだろう。私たちはそこへ空路で到達した。旧ソ連製のアントノフという古い飛行機で、キンシャサで会った日本人の外交官の一人は、公然と「私はどうもあの飛行機にだけは乗る気になれませんのでね。まだキクウィトには行っていません」と語ったが、そうした言葉が、そこでは常識と聞こえる空気もあった。

「実はキクウィトのことを何かエッセイに書いておられたと私に教えてくれた人がいたのですが、私自身はまだ仕事にかまけてその文章を拝見していないのですが、どんな状態になっていたか、と思いまして……」

「先生もキクウィトにいらしたんですね」

私は尋ねた。

「そうです。もう昔のことになりますが、一九七六年の、まさにあの年でした。もっとも私があそこに入った夏の初め頃は、何ごともない田舎町でした。シスター高橋が、あのあたりで活動をしているベルガモの女子修道会に紹介してくれましたので……私はすでに医者と思われてしまっていて、それがいろいろな問題の種でした。私は乏しい言葉でできるだけ、まだ正規の医者ではない、学生なんだとは言ったつもりでしたが」

「人のいいシスターたちは、もうお医者さまだと思い込んだでしょうね」

「多分そうだったと思います」

イタリアの修道会はキクウィトからさらに奥地まで入って素朴な診療所を作ったり、幼稚園を開いたりして活動していたのである。シスター高橋は一九七〇年あたりからキンシャサに入っていたのだから、当時既に円堂氏の紹介状を書いて、キクウィトに送ったというのは、ごく自然の成り行きであった。

「シスター高橋はお元気でしたか?」

円堂氏は尋ねた。

「ええ、さすがのシスターも、少しは年をとられましたけどね」

シスター高橋はもうコンゴに入って四十年だった。自分でも、コンゴ人になっていると思う時がある、と彼女は私に話した。三年に一度日本に帰ると、いつもそれを痛感した。東京の修道会の本部に泊まって外出しようとすると、JRの駅で切符をどう買っていいかわからなかった。昔は窓口で行き先を言えば、切符をくれてお金を要求してくれた。今はシステムが違う。

「キクウィトでは、診療所と病院も行かれました?」

「ええ、行きました。日本人のドクターたちは入院患者にも会って、通訳を通していろいろ質問しておられました。あの辺りは、バンツー語でしたっけ?」

私は円堂氏に尋ねた。

「そうです。少なくとも、ミサはバンツー語で立てられていました」

円堂氏は答えてから、

「墓地にも行かれましたか?」

と尋ねた。

「通りがかりにここだというところは教えてもらいました。実は帰りに寄って改めてお墓参りをする予定だったんですけど、急にそれができなくなった、というのは、つまり前の予定が遅れて、おまけにそこへ行く道でトラックが横転して、通れなくなっている、と教えてくれる人がいたので、止むなくお墓参りを割愛したんです」

あの国だけではなかった。アフリカのどこでも、旅の予定は、「できれば」の話だった。走っているトラックは解体寸前のような代物が多かった。車検の制度など恐らくないだろうし、その上、手入れというものを全くしないで、動くだけ動かすというやり方で働かされていたオンボロ・トラックに無茶な積みつけをするから、走る前から重心が傾いているのはざらだった。だから路肩に開いた穴のせいで、ちょっとでも傾きかけた方向に荷がずれれば、もう横転事故に繋がるのである。

コンゴ民主共和国は膨大な面積を持っていた。キンシャサはその南西の端にある。私にとって国というものは、どんなに遠かろうと、歩いて行こうとすればその土地に着けるはずのものであった。稚内から鹿児島まで、何日かかるかは別として、とにかく徒歩でも自転車でも自動車でも列車でも、私たちは支障なく行くことができるはずの空間である。

しかしコンゴは違った。南西に位置するキンシャサの北東にあるキサンガニやブカブ、南東にあるルブンバシなどという町に行くには、日本人の感覚では、「道はない」と言ってもいいのだという。

交通手段がない、ということはもちろん不便ではあったが、思わぬいい点もあるのであった。アフリカでは、人間は日本よりもっと自由な観点を持つようになる。それら僻地で発生するコレラなどの感染症も、この膨大な交通不能地域の前には、感染の方途さえ絶たれて、キンシャサは今まで常に安全地帯に置かれていたというのである。

自然の圧力だけが凝縮した無人の土地は、病原菌の移動さえ不可能にする、という発想に、初め私はついていけなかった。テレビの特集では、ニューヨークの町に発生した感染症が数日のうちに町中を汚染し、地方へと飛び火する。細菌やウィルスが兵器になる理由である。しかしほとんど途絶えていると言ってもいい人間の交通と物流を代償に、感染症さえ広めないという効果を生むのであれば、それも一つのものごとの解決法かと思うようにもなったのである。

「それでその昔、先生はキクウィトにはどれだけ滞在なさったんですか?」

私は常識的なことを尋ねた。

「すでに旅行に発つ前に、医学部に進んだのは私の性格からみても間違いで、母を納得させられれば、やめて他の道に出直したいという気持ちは固まっていたので、そのためには、できるだけ後戻りできないような時間を取ってしまいたかった。狡《こす》い計算ですが……」

とは言っても当時の円堂氏の心はまだ揺れていたと言ってもいいようである。彼がまずコンゴに入ったのはちょうど夏休みに入ったところである。もっとも最後の卑怯さとも言える心理の中には、夏休み中に自分の中にいささかの変化でも起きれば、もとの道に戻ればいい。それができれば、自分の中で起きた破壊的な変化を、対外的にも知られずに済む、という計算もあった。

「私でもそうしそうですね」

と私は言った。

円堂氏が医者になるのを嫌った理由はまだ聞いていなかったが、それを尋ねる気は私にはなかった。私自身が、血膿を見るのが苦手だったし、何より自分の肉体を汚いと感じていた。だからそういうものを扱う職業を人に強いるには罪悪感があった。

円堂氏は、初めはほんとうにどれだけキクウィトにいるかも考えていなかったようだった。シスター高橋が口添えしてくれたおかげで、ベルガモの修道会では、各地から、さまざまな目的でやって来る研修生たちが、安い値段で泊まれるようになっている建物を持っていた。

修道院の塀のすぐ外側に隣接して建っている簡素な寮で、蚊帳《かや》つきのベッドと机、扉がよく閉まらない立て付けの悪い洋服ダンス、隅の方にコンクリートむき出しの三和土《たたき》とトイレが並んでいる。三和土には水道の蛇口があって、下に大振りのバケツが一個備えつけてあった。宿泊客はその水で体を洗うだけで、お湯の出る装置はなく、しかもその水さえ始終断水したから、バケツには常に水の汲みおきが必要だったが、とにかくヨーロッパ人の経営する修道院はすみずみまで洗われ修理されていて、決して乱雑でも不潔でもなかった。

上エジプトの荒野には、既に紀元二世紀から、隠修士《いんしゅうし》と呼ばれる「隠れ住んで修道生活をする」人々がいたはずだが、その寮にもどこかそれを思わせる空気があった。ケニアやブルキナファソから来た男子学生のほとんどは、息子を外国に送れるような土地の有力者の子弟だったが、中には、神父たちが村の教会の日曜学校の中から掘り出して来て、どうしてもアフリカのためにこの子を教育したいという情熱の対象になった青年も混じっていた。彼らはさまざまな人生のコースを取って、初等、中等、高等教育を受け、どこかの大学へ進むどころか、なかには司祭になる道を選ぶ者もいた。アフリカで出世するには、司祭になるのも一つの方法だった。

円堂氏は、彼らとは、時々英語で話し合った。円堂氏は彼らの間でもいつのまにか「ドクター」と思われていた。

ベルガモの修道院には、思いがけず、一人の日本人のシスターがいるのを知ったのは、数日経ってからである。初め円堂氏は、その黒髪の東洋人の修道女を日本人と思わず、韓国人かベトナム人だと思っていた。向こうも日本人を懐かしがって、宿泊客の中に同国人を探している風情も見せなかったのである。

もちろんこんなコンゴの田舎に、日本人が来る可能性もほとんどなかったからでもあろう。時々、宿泊人たちが食事をした後のテーブルを片づけたり、修道院の裏でゴミのバケツを出したり、シスターたちが飼っている雑種の犬の頭を撫でたりしている姿が見えるだけだった。しかし修道院には、どこにでも人のいいおしゃべりの老修道女がいるもので、その人が円堂氏が日本人だと知ると、「うちの修道院にも日本人がいるのよ」と得意気に教えてくれたのだった。

彼女は日本名を津坂夕子《つさかゆうこ》と言った。「むかし、むかしのことよ」という言い方を彼女はした。日本では看護婦だった。日本に滞在中肺炎になって入院したイタリア人の男性を病院で世話したのがきっかけで、彼と結婚してヴェネツィアで八年を過ごした。夫は銀細工師でミニアチュアを作る職人だった。二人の間に女の子を一人産み、リリアナと名付けたが、その子は五歳の時、運河に落ちた友達を救おうとして二人共水死した。その優しさが、夕子にはいっそう苦しい記憶を残した。自分はあの天使のような子供ほど、人に優しくはない、と思えたからであった。

夫と別れたのは子供が死んで三年目であった。夫に同国人の愛人ができたからである。

子供を失い、夫の心も離れて行き、ヴェネツィアには、もう住めなかった。その頃或る友達を介して、ベルガモの修道会の修道女に会い、語り合って少し心が救われた。まもなく津坂夕子は悲しみだけが多かったヴェネツィアを引き払って、ベルガモに行った。

そこで初めて修道院を自分の家のように感じた。修道女たちの半分以上が看護婦だったせいもある。「病人たちが、私たちを生かしてるのよ」という仲間の修道女が語った言葉が、夕子の胸に染みた。いま空洞だらけのようになっている自分の心を満たしてくれるものがあるなら、修道院の生活かもしれない、と彼女は感じるようになった。

一方円堂氏は、医師になる気を失いかけていたくらいだから、医療機関に特に関心を持っていたわけでもない。かと言って、診療所や病院を避けて、幼稚園や保育所、小学校などだけに興味を持つこともできなかった。

彼は時々、修道院から自動車の便がある時だけ、かなり離れた村にある別の拠点に連れて行ってもらった。そこで彼はこの国との接し方としてははなはだ無責任な「見学者」の態度に徹してあちこちを見て廻った。時にはズボンのポケットに手をつっこんだままであった。

「当時、それでもほんの少し、日記のようなものをつけていたのですが」

彼は脇のテーブルにおいてあった小型のバインダー式の黒い手帖を取り上げて拡げ、「何年ぶりかで、開けて見ました」と微かに笑った。

「或る孤児院に案内されました。シスターが五歳くらいの女の子の手を無理やりに僕に取らせたんです。それで僕はまあ、まもなく彼女の方で手を放すに違いないと思っていたんですが」

彼女は何としても彼の手を放さなかった。

「実は僕の方が、あまり長い間、手を繋いでいてはいけないような気がして振り払おうとしたんですが、その小さな掌には膠《にかわ》でもついているかと思うほどでした」

「あなたと別れたくなかったんですね」

「僕が手を放して帰るのは裏切りだと思ったのかもしれません。ここには別の日に、老人ホームへ行ったことが書いてあります。『かつて蛇に噛まれて右手を失ったという老人に会う。蛇毒くらいでどうして右手を切断しなければならなかったか不明。彼は痩せこけていたが、どことなく気品のある顔で、ずっとにこにこと見学者という無責任な客人に対して、笑顔を絶やさない。威厳のある運命の受容の表情』と書いてあります」

「いいお勉強をなさっていたんですね」

「そのまま行けば、でした。でも或る日、ふと状況が変わったんです」

第三章

変化と言っても、円堂氏が感じた初期の兆《きざ》しは決して大きなものではなかった。朝の食事の時、止宿人たちも早起きならば、修道院の全メンバーが揃う七時十五分からの朝食の席に混じってもよかった。昨今の修道院は決して閉鎖的ではない。テーブルは六人ほどがいっしょに座れる矩形のものが八卓並んでいたが、それがいっぱいになるということは、それまでのところなかった。修道女たちは、全部で何人いるか円堂氏は知らなかったが、多く見積もっても二十人以上ではなさそうだった。服装も、簡単な髪覆いのようなヴェールを着けているだけで、エプロンの色も模様もまちまちだった。止宿人は、修道女たちの座っているテーブルに空席があれば、礼儀としてもそこに座るようにしていた。

修道院の食事は、食前に祈りを歌う。それはごく自然に三部合唱になっていて、アフリカの原生林の木のように元気で健やかなものに感じられた。その歌を聞くのは好きだったが、性格的にも寡黙で、語学も不得手だった円堂氏は、わざと遅れて食堂に行くために、寝床の中で合唱を聞き終わってからおもむろに身支度をする日もあった。

それでも遅く食卓についた修道女たちの数人とはどうしても顔を合わせ、ジャムの瓶を寄越してくれれば、「ありがとう」の一言も言わなければならない。ケニア人のブライアンという青年が同じテーブルでまだ食べていると、円堂氏は少しほっとした。イタリア語とフランス語の混じり合っている周囲の会話がわからない時でも、フランス語の達者なブライアンが、英語で一部を教えてくれるからであった。

「今、猿の話をしてたんだ」

と或る朝、ブライアンは言った。

「この辺の連中は猿の肉も食べる」

ケニアでは食べないのか、と聞こうとして円堂氏は遠慮した。失礼に当たるかもしれない、と直感的に遠慮したからだった。

「日本では猿を食べるか？」

とブライアンの方が尋ねた。

「いや、日本には猿がいない」

いないわけではないが、東京の住宅地で簡単に獲って食べるほど出没することはない。猿の出る土地は限られている、という意味を伝えたかったのだが、円堂氏はそこまで英語で説明するのをうっとうしく感じていた。

「ガゼル（羚羊《れいよう》）はどうだ？」

「ガゼルもいない」

会話はどこか幼稚だったが、内容はあまりはずれていない。ザィールの人間、と言っても北の方の人たちだが、猿も羚羊も食べる。北部では自動車でドライヴしていると、途中の道で、殺したばかりの大型のネズミの一種も売っている。それをどさりとトランクに投げ入れてもらって土産にするというのだ。

食事の終わり頃、津坂夕子が台所の方から現れた。

「よく眠りましたか?」

と彼女は円堂氏に挨拶してから、ブライアンにはイタリア語で挨拶した。

「もしかすると、私は明日か明後日から、川の病院の方に手伝いに行くかもしれないの。病人が出て、ナースの手が足りなくなったんですって」

と夕子は円堂氏に言った。

川の病院というところには、一度だけ短時間、見学に立ち寄ったことがあった。赤土の埃っぽい道を車で一時間半ほど行くと、船着場の近くにだだっ広い施設が開けていた。修道院の近くの診療所よりずっと大きな施設で、波板トタンの屋根に漆喰壁を水色に塗った病棟が八棟か十棟は並んでいた。レントゲンの設備は壊れたまま数カ月放置されていることもあり、そうでなくてもフィルムがなくて使えないこともあると聞かされた。手術室なる部屋の床には砂が積もっていて、そこで外科手術をすることを考えると円堂氏は寒気がしたが、とにかくそれは大きな病院だったし、患者の多くはマラリアの症状を訴えてやってくるのだから、病院はその人たちを救うだけでも大きな安心をもたらす仕事をしていると言えた。

「もしよかったら、私が向こうにいる間、付属の宿舎に滞在しませんか。ドクターやナースの泊まる簡単な宿舎が、あそこにもあるんです。またご参考というか、勉強になることもあるかもしれないし」

夕子はまだ、円堂氏が医師の道を進むものと勝手に決めているようだった。

心からそうしたい、と思ったのでもなく、夕子に気に入られたいと考えてそうしたのでもなかった。円堂氏は強いて言えば、時間を持て余していた。修道院にはテレビもない。機械がちょうど壊れたところなのか、もともと電波がよく届かない土地なのか、見たいと思うような番組がないからなのか、古いテレビの機械は沈黙したままで、誰もテレビの恩恵を受けていない。新聞もなく、雑誌はあるにはあったが、パリの本部から二、三カ月遅れで送られて来るらしいフランス語の雑誌だけだから、読めない円堂氏にはないも同然であった。

しかしこの雑木林の間に建てられた修道院の周囲は何より清浄な空気の中にあった。ことに朝六時前の瑞々しさは、たとえようもなかった。円堂氏は起き出さず、ただ枕元にある手造りの板戸の窓を開けて、網戸越しにその空気を味わいながら寝ていた。地球が生まれた直後、あたりの空気はこういうかぐわしさを持ち続けていたのではないかと思う。小鳥の囀《さえず》りのやかましさは、内向的な自分の性格をあざ笑っているようだった。部屋の隅には、時々、前夜焚いて寝た日本製の蚊とり線香の匂いが染みついていた。マラリア蚊は、昼間にはいないから、円堂氏は夕方から一本の蚊とり線香に火をつけて寝ることにしていたのである。石敷きの床は、蚊とり線香に受け皿をつけなくても火事を起こす恐れもなく、扱いいいものであった。

その日、修道院にはちょっとした変化があった。修道女たちは数人固まって固い表情をして話し合っていた。

「川の病院にいるシスターの一人が、何だかわからないけど、高熱が出て、吐いたり下したりして急激に悪くなっているんですって。もし今日中に、よくなる兆しが見えなかったら、明日の朝早く、飛行機でキンシャサに送るつもりらしいの。そうなると、人手が減るし、朝早く私たち三、四人がこちらから出ることになりましたから」

つまりそのつもりで円堂氏にも支度をしろ、ということらしかった。そこでも円堂氏は自分の意思をほとんど通さなかった。彼は夕方まで、ぐずぐずと本を読んでいて、明日発つなら発つで、そのための支度というものもしなかった。ただ夕食の時、食堂には修道女たちの数が少なかった。食事の時間は決まっているといえばそうなのだが、仕事が終わらない人たちは、遅れて来ることもあったから、円堂氏はさして気にしなかった。ブライアンはどこかに出ているので、彼に様子を聞くこともできない。円堂氏は一人で食べ、毎日決まって出る食後のバナナ（それは修道院の裏庭で採れるものだったが）を食べ終わった頃、夕子が少し疲れた表情で食事をしに来た。

「(川の病院の) 様子はどうです?」と円堂氏は尋ねた。

「電話が通じないの。だから何もわかりません」

円堂氏は黙っていた。何に関しても必要な情報はすべて伝わりにくいということが、アフリカのあらゆる組織に見られる特徴だということはほんの数週間のうちに、円堂氏にもわかり始めていた。それはもちろん日本的な感覚でいえば極めて不都合なことだったが、一面では、気分が追い詰められるということもない、健康な精神状態をもたらしてくれるものであった。

翌朝、夕子を入れて三人の修道女が埃だらけの四駆に乗り込んだ。運転席に座ったのは一番若い修道女でアンナマリアと改めて紹介された。助手席に座ったもう一人の中年の眼鏡を掛けた修道女はフロラモニカだった。夕子のことを、皆はキアランジェラと呼んでいた。

「あまり聞かない名前ですね」

円堂氏は言った。

「クララ、なら聞いたことおありでしょう?」

「ええ」

「キアラはイタリア語でクララなんです。それに天使という意味のアンジェラがついてます」

「そうか」

円堂氏は呟いて納得した。

普段はあまり外へでかけない修道女たちにとって、その移動はいくらか気分転換になる小旅行かと円堂氏は思っていたが、彼女たちはそうではなかった。夕子は持って来た水瓶を円堂氏に渡してくれ、それで一同は無言だった。

「どうも、向こうの様子がおかしいんです。第一何の病気かわからないでしょう。実は昨日、川の病院からたった一言三秒ほど電話が繋がったんですけど、『大変だ』としか聞こえなかったんですって。誰が誰に宛ててかけたものかもわからなくて、間違い電話かもしれないし、それっきりなのね。それで電話は完全にどこへも繋がらなくなったんです」

「いつもそうなんですか？」

「よくそういうことはありますよ」

「行ってみなければわからない、ってことだな」

「そうですね」

「ここにいる皆さん、ナースですか？」

「ええ、アンナマリアは助産婦」

それだけでしばらくは、夕子も沈黙したが、やがて重い空気を和らげようとするように言った。

「うちの修道院は大体がベルガモの生まれですけど、彼女はブレシアの生まれでまだ三十五歳くらいだと思いますよ」

夕子がアンナマリアに自分の説明したことの内容を確かめると、彼女は故郷はブレシアではない、と否定した。

「ブレシアじゃなくて、東の方にガルダ湖があるんだけど、その湖に面したサロという保養地に近い村なんですって」

そこはムッソリーニが、一九四三年に短期間住んだところだということを円堂氏が知ったのは後のことである。

やや年とった方の修道女は五十八歳だった。

「この方はね、もうコンゴに来て、三十年以上になるの。八歳の時から誰も面倒を見てくれる人がなくなって、孤児院で大きくなったんですって。そして十八歳の時に修道院に入る決心をしたんだそうよ。世の中に自分と同じように家族のなかった子がいるとすれば、自分が一番よくその気持ちがわかるから、修道女になる意味もある、と思ったんですって」

円堂氏は黙って聞いていた。こういう話を聞くのは、幼い時に童話を読んで以来の体験である。

「病院で一番多いのはマラリアで、次は何なんです？」

円堂氏は尋ねた。夕子は日本語の会話に修道女たちを入れないのは悪いと思ったらしく、改めて円堂氏の質問をフランス語に訳した。

「昔多かったのは、ライと、栄養の悪い人が罹った結核でしたって。それからいろいろな理由で手足が動かなくなったままの人と、小さな娘の時むりやりに女性の割礼を受けさせられて、後の傷が治らない人もいましたって。今の若い人たち、アンナマリアたちは、恐らくエイズ患者をたくさん見たと思いますよ。この辺ではエイズのことを『シダ』というんですけどね」

四駆は途中で何人もの知人を見かけて、車を止めた。笑って話す人もいれば、厳しい表情で何かを言う人もいた。

「どうもよくわからないんですけどね、何か川の病院で異変が起きているみたいですね。病人がたくさんいる、と言っているから」

「事故ですか？」

たくさんの病人が出ているということは、バスが川に落ちたとかそういう事故後の怪我人の大量発生を想像することしか円堂氏にはできなかった。

彼らはまたオートバイに乗った顔見知りの男にも会った。シスター・アンナマリアが車を止めて「病院から来たの？　何か変わったことあったの？」と聞いても、瘦せた男は首を振るだけで何も知らないらしかった。

病院の前庭には木一本植えられていない。人々が歩く道幅だけ自然に雑草が枯れて、赤い土がむき出しになっているのが自然の道のようになっている。その荒れ果てた空間に一羽の白鷺が舞い降りているのを、四駆から下りた円堂氏はしばらく立ち止まって眺めた。異変は少しもないようだった。救急車がこの土地にあるのかないのかは知らないが、そうした緊急事態を告げる車が出入りしている様子もなかった。患者たちの動きにもどこと言って変化はなかった。

夕子は顔見知りらしい肉付きのいい女性がタオルにくるんだ赤ん坊を抱いているのを見る

と「どうしたの？」とでも言うように手を上げて声をかけた。すると母親に見えた女も笑って大きな声で言葉を返し、夕子はそれを聞くと軽く顔をしかめた。

「ほんとうに笑いごとじゃないわ。四日前に十六歳で赤ん坊を生んだお母さんがいたんだけど、今日彼女が子供を置き去りにして逃げたんですって。今抱かれているのは捨てて行かれた赤ちゃんなんだそうです」

円堂氏はただ黙ってそうしたことを聞いていた。


急に重篤な状態に陥った修道女がキンシャサに飛行機で送られたことを除けば、病院はごく平静に動いていているように見えた。修道女たちの居住区の裏側に、ここにも十室くらいの平屋建てのゲストハウスがあって円堂氏はそこに泊まることになったが、夕子の説明によると、修道院というところはどこでも旅人を泊める任務を負っているのであった。

急に運ばれて来た大勢の病人たちの中には、マラリアにも該当しないもっと激烈な症状の患者が数人いるということだった。吐瀉物、尿、便だけでなく、涙にも血液が混じって、しかもそれが凝固しない。サルモネラ症か赤痢が疑われたが、検査の結果はそうではなかった。

「このあたりには鎌状赤血球の遺伝因子を持っている人が多いから、そういう人たちは罹りやすいという説もあるんですけれど」

円堂氏は黙っていた。たった一つアフリカに来てから聞き覚えたことは、鎌状赤血球を持つ人はマラリアに罹らないということだった。しかしそれも罹りにくい、か、全く罹らないか、どちらを意味するのか、円堂氏にはわからなかった。調べようもなかったのである。医学的な参考書など、一冊も持ってきていなかったからである。

「入院して来た人の中に、ひどい熱を出して」

その熱も四十度から四十一度はあるという。

「頭の痛さも普通じゃなくて、『揺れるほど痛い』って言うんですって」

吐き気はあるけど吐けないので患者は悶絶する。皮下出血も顕著で、眼球が反転して白目が出ているように見える患者もいる。「何だと思います?」と聞かれても、もちろん円堂氏にはわからなかった。

修道院にも重い空気が立ち込めていそうでもあったが、現実はそうではなかった。夕子が早速病院の方に行ってしまうと、円堂氏は、キクウィトにいた時のように修道院の食堂や台所の辺りをうろうろしたが、そこには好奇心に溢れた老女のシスターが一人いて、若い男が修道院に紛れ込んで来たことを喜んでいるようだった。

「珍しいですね。英語を話されるんですね」

円堂氏が言うと彼女は、

「私はマラウィ人なのよ」

と言った。

「ここでたった一人の外国人よ。ここの連中は皆怠け者なの」

と子供の告げ口のようなことを言った。

「おいくつですか？」

と円堂氏は尋ねた。

「六十歳よ」

もっと老けて見えたのであった。

「お名前は？」

「ビアンカ。あなたはケニアから来たの？」

「いいえ、どうしてですか」

「外国人は皆ケニアから来るから。ケニアはモスレムだらけで嫌なところよ。金持ちは威張るし、トイレはめったにないし……」

「気をつけます」

「ピーナッツをお食べなさいな。さっき私が煎ったばかり。まだ温かいわ」

それはたっぷりとぬくもりを秘めた小粒のすばらしいピーナッツだった。

「おいしいですね。僕が一生で食べたピーナッツの中で一番おいしいです」

「まだ短い生涯じゃないの。おいしくなるこつは、たくさん煎るからなのよ」

ビアンカは笑った。

「これを一日に、二、三十粒食べたら、その日は完璧に幸せだと思えます」

老修道女はふんふんと鼻で笑ったが反対はしなかった。

「病人が出ているそうですけど」

「血まみれの病人よ。血が吹き出してるの」

「まさか」

「私今朝方、掃除に行ったから。床や壁にまで血が飛んでたわ」

「けがですか？」

「いいえ、点滴の針から逆流したんですって。針が抜けるほど吹き出したそうよ」

この無邪気な老女相手に、再び「まさか」とは言えなかった。

第四章

川沿いの土地の朝は夜明け前から喧《やかま》しかった。この土地へ来て、雄鶏《おんどり》は「ココリコ」と鳴くと教えられたが、そういわれてみると気のせいかそんなふうにも聞こえる。鶏が鳴いて小一時間ほどすると、初めはモノクロの写真だった風景が、次第にものの文目《あやめ》が見えるようになり、それから数十分でしっかりしたカラー写真になる。

ほどなくして子供の泣き声も響いて来る。あたりは生の気配に喧しくなる。

やがて陽が昇ると、円堂氏は昨日ここへ着いた時には気づいてもいなかった林の中の坂道が見えるのに気がついた。その景色を飽きずに眺めていると、一台の錆《さ》びだらけの自転車を押している子供が見えた。荷台にたった一個の石を積んでいるだけである。こんな朝早くからどうしてそういうことをしなければならないのか、円堂氏にはわからなかったが、ずっと考えていた。

かつて円堂氏は、人生は頭を働かして考えれば、ほとんどあらゆることの理屈がわかるものだと思っていたが、アフリカに来るとそうした道理は通らないことがあまりにも多いのがわかって来始めていた。石を運んでいる子供は裸足だった。「同じ人生なのに、どうしてこういう運命に生まれてこんなに朝早くから石を運んでいるんだ」と円堂氏は心の中で呟いていた。しかしあの子は、朝一番にこの石一個を運べば、後はひがな一日何もしなくていいのかもしれない。嫌な勉強もしなくていいし、いじめっ子のいる学校にも行かなくていいのだろう。将来の就職の心配をする必要もない。生きる最低の暮らしを惰性的に継承する。それ以上でもそれ以下でもない。

朝食の時、修道院の空気はそれほど変わっているとは思えなかったが、円堂氏の知らない白人の顔をした数人の宿泊客がいて、彼らは医師たちだと円堂氏は紹介された。しかし彼らは忙しそうで、円堂氏とは、ただ儀礼的に握手しただけでそそくさと病院の方に出て行った。

円堂氏はわざとのろのろと食事をして皆のいなくなるのを待っていた。夕子に会えるか、と思っていたが、あたりに人の気配がなくなると、マラウィ人のシスター・ビアンカが近づいて来て、円堂氏のテーブルの前に腰を下ろして小声で囁いた。

「昨日、夜中に一人土地の男の人が死んだのよ。運ばれて来たばかりなのに、血を吐いて白目をむき出してかわいそうな死に方だったんですって」

「病名は何です？」

「私にはわからないわ。さっきここにいたのは、アントワープから招《よ》んだ感染症のお医者よ。血液だかなんだかのサンプルをアントワープに持って帰るらしいわ」

シスター・ビアンカは素人に医学的なことがわかるわけはないじゃないの、と言った表情で肩をすくめながら言った。円堂氏はその時初めて、この国の元の宗主国であるベルギーの医療機関が、何かの異変を感じて動き出しているらしいということを感じた。

「まだ何もわからないけど、司教さまの弟という人も、この修道院で大工仕事をしてくれてたんだけど、昨日死んだのよ。体中から血が吹き出て、あんまり苦しすぎるから、早く死なせてください、って言ったんですって」

そんな病気があるのだろうか、と円堂氏は不思議だった。

「司教さまという人は嫌な人物だったけど、弟はいい人だったのにね。お兄さんの代わりに罰を受けるはずはないのよ」

「司教はどんな悪いことをするんです？」

円堂氏の問いに答えたシスター・ビアンカの話の内容は、円堂氏の当時の備忘録に記号に近いほど簡単に記録されていた。司教、森の中に生み落とされていた男の赤ん坊を受け取る。村人が発見して届けたから。赤子は長時間放置されていたため、脱水死寸前、アリなどの虫がたかって一部の肉を食べられていた。傷治癒後、司教、養い親を探す。名乗り出た夫婦と、代金（子供を引き渡すというか、売り渡すに近い）の額でいつまでも折り合いが着かず。司教、その間に養育費がかかったことをしきりに言い立てた。司教の強欲のため、養子希望者は諦めて撤退。すると司教は赤ん坊にミルクを与えず、放置し始める。殺すつもりか。止むなくその子は修道院が引き取った。ざっとこんなようなことである。

「この日のことを今でも覚えていますが」

と円堂氏は言った。

「シスター・ビアンカは、『私はこんなことをしていられないのよ』と言って立ち上がったんです。てっきり病棟の方へ応援に行くのかと思っていたら、台所の隅にいた車椅子のお婆さん修道女の傍《そば》に行って『この人に毛糸のソックスをはかせなきゃならないのよ。この暑いのに寒がってばかりいるんですもの』と言ったんです」

その時、誰がどこで叩いていたのかわからないけれど遠くから微かに太鼓の音がした。するとそれに合わせて車椅子の老修道女は、リズムに合わせて手を叩き始めた。こんな些細な出来事が、円堂氏の心の解放になったことは事実である。

円堂氏はその日の昼食の時、夕子と顔を合わせた。食事の間、二人は別々のテーブルにいたが、夕子は食欲がなくてほとんど食べないようだったし、食後も疲れ果てたように、しばらく席を立たなかったので、円堂氏は夕子の向かい側の席に着き、「昨日は、夜寝たんですか？」と尋ねた。

夕子はその時、昨夜立ち会った恐ろしい手術のことを話した。運び込まれてきた患者は中年の男性で、盲腸の手術だった。円堂氏は沈黙して聞いていたが、それほどむずかしい手術とは思えなかった。ただ手術が始まると、手術室は修羅場と化した。とにかく血液が止まらなかった、と夕子は言う。噴水のように出血するのでガーゼが足りなくなり、水で洗って再び止血のために傷に詰めた。日本では考えられない処置だろうが、この国の僻地では、ないと言うことはないだろう。点滴の針からも、血液が逆流したのを見た時、夕子は自分の眼が「発狂」したのかと思った。病人はまだ生きている。

シスターの一人がうがいをしたら、水が赤くなった。何度繰り返してもきれいにならない。どういう手の出血か。

「今日は休ませてもらって、少し眠った方がいいよ」

と円堂氏は言った。

「そうはいかないんです。シスターたちの中に二人ほど体の悪い人がいます」

夕子は言った。

「ザィール人の看護士が、エボラではないかと言うんですけれど」

その時初めて円堂氏はエボラ出血熱（ウィルス性出血熱）の名前を耳にしたのである。ザィール人の男は数日前、下血した男の汚れた体を洗うのを手伝ったので、恐怖に駆られていた。

「ここには手袋はないんですか」

円堂氏は尋ねた。

「手袋はね、ないこともないんですけど、数も少ないから、あまり使わないように言われているんです。破れているのは平気だし、素手で処置することもあるんです。注射器は毎日五本を使い回しているんです」

「使い回す?」

「そう。同じ針で次の人にも注射するの。あまり汚れると熱湯で洗うことはやっているけど」

これはもう論外の話だと思って、円堂氏は言うべき言葉を失った。シスター・ビアンカが血だらけの床を拭きに行ったと語っていたが、恐らくその時だって、あの老修道女は手袋もせずに、ただ前掛けだけをかけて床に溜まっている血液を拭いたに違いない。

「シスターで具合の悪い人というのは、どんな状態なんです?」

「ひどく頭が痛いのと、だるくて動けないんだそうです」

「過労かもしれないし、マラリアじゃないのかな」

アフリカ人ならほとんどの人々が、体の不調を感じるとまずマラリアを考える。マラリアはもはや病気というより、人生の一時的な避難場所の名だと、円堂氏も感じ始めていたのである。

「ええ、でも血便が心配なんです。そのうちの一人は、サルモネラを何人も看護したことがあるんで、自分ではサルモネラだと言ってますけど……サルモネラは血便が特徴でしょう?」

円堂氏はもちろんサルモネラの患者を実際に見たこともなかった。その時に夕子が、昨夜ベルギーから来たドクターたちが協議の上、患者の血液を早急にアメリカのアトランタにあるCDCにも送ることにしたという話をした。

私はCDCなる場所がどんなところかも知らなかったが、それはアメリカ疾病対策予防センターという世界のトップクラスの機能をもった研究所だという。レベル4実験室というもっとも危険度の高い病原体を扱う特殊な実験棟があり、そこで働く人々は宇宙服のような防備服を着なければ入室を許可されず、室内は常に陰圧になっていて、汚染された内部の空気が外部に洩れることはないようになっていた。

しかしその日の円堂氏には、差し迫った危険の予兆はなかった。CDCに検体を送ることは当然だが、答えが出るまでは危惧は現実ではなかったし、あたりはまだ平穏だった。

その午後、一番奥の病棟が、症状の重い患者たちの隔離病室になったと円堂氏は聞いたが、行ってみようとはしなかった。隔離と言っても、ただ別棟だというだけで、履物一つわけたり、消毒を徹底しているわけではないだろう。家族も自由に出入りしているという。そもそもこの土地では、患者が家族と分けられるという発想はない。患者は必ず家族つきで入院して来るが、それは病院が給食をしていないからであった。家族は自動的に入院患者の食事を作ってやらねばならない。そのために病院と名のつく施設には必ず別棟の炊事場があった。水道や流しやガス台があるわけではない。患者が持参する薪《たきぎ》を燃せるへっついが幾つかあって、その上には屋根がある、というだけで、患者の家族にとっては、便利な設備なのである。

患者と家族は病院でも一体だった。シーツもない汚れ放題のマットレスの上で、しばしば患者の足元で家族が寝ていることもある。そうかと思うと、普段寝馴れないベッドを嫌って、病棟の軒先のコンクリートの三和土の上で寝ている患者もいる。夕子の話だが、日本から来た医療関係者が、「この病院は何床ですか?」という質問ほどおかしなものはなかった。二人寝かせる時もあり、季節によっては患者がベッドを使わず涼しい戸外で寝ていることもある。大地がある限り、人間はどこにでも寝られるのだ。現に多くの付き添いの家族たちは、まず大きな盆に入れた食事を、病院の廊下の片隅に車座に座って指で食べていた。誰かがその傍を歩く度に、食物の上に病原菌つきの砂埃が入るのは間違いなかろう、と思われる光景であった。

円堂氏が隔離病棟を見に行こうともしなかったのは、防護手段も持っていなかったからである。何よりも自分には治療に役立つ知識もない。たとえ何か建言できるとしても、ここには何一つとして、「もの」も「設備」もなかった。ただ円堂氏は、夕子は彼が隔離病棟を見に来ることを期待しているという気がした。あからさまにそう言われたわけではないが、人として当然そうするだろう、と彼女は思っていそうだった。しかし円堂氏は無駄な行動をする気は全くなかった。

その夜も、円堂氏は修道院の人たちが引き上げた後の食堂でマラウィ人のシスター・ビアンカを待っていた。シスター・ビアンカはいつも、最後に残った台所仕事を引き受けているらしく、うす暗い食堂の灯の中で、影のようにのろのろと動いていた。食卓の上のコーヒー・パウダーの瓶が残り少なになっていれば大缶から補充するし、翌日の料理に使う土地の野菜の入れられた大笊《おおざる》のかげに潜むネズミを追い散らすのも一つの仕事だった。修道院が一種の非常体制の中にいるらしいというのに、シスター・ビアンカだけは、いつもと全くかわらない元気な態度だった。

「ほんとに危ないところだったわ」

と円堂氏の姿を見るとシスター・ビアンカは嬉しそうに言った。彼女の方も、何も仕事のない風来坊の円堂氏を、いつのまにか話し相手か気のおけない友達のように思っているらしかった。

「また、入院患者？」

「いいえ、トンマな看護助手の子が、水道の栓を閉め忘れてたのよ。今日は早く気がついたからよかったけど、いつかなんか、誰もそのことに気がつかなくて、タンクが一つ空になったのよ」

「その結果、断水？」

「もちろんそうよ」

「水がないと病院の仕事は辛いですね」

「それがね、あなた、ここの人たちは、診療所や病院に水がなくても平気なの。もともと水がなくて暮らしてる人も多いから。それよりベンチが壊れたら文句を言うわ」

「患者は増えてますか」

「今日また一人死んだらしいわ。最初に死んだ司教さまの弟の、一番親しかった友達なんですって」

この辺の人は、埋葬前の死者を親族や友人が皆で体を洗う。服を着せ、抱いたりキスしたりして別れを惜しむという。もし病気がエボラだとしたらどんなに危険なことかしれないが、死者との最後の別れをしないように、と言うことは、誰にもできなかった。

「皆はまだ、マラリアだと思っていますか？」

と円堂氏は尋ねた。

「いいえ、ランダランダのせいだ、って言ってるわ」

その言葉はこの土地に来てから何度か聞いたことがあった。しかし円堂氏はよく理解していなかった。フランス語では説明されてもわからないし、夕子も迷信のことにはあまり興味がないようだった。

シスター・ビアンカによると「ランダランダ」というのは、人を追いかけてくる悪霊のことであった。誰かが悪いことをすると――悪いこととはどんなことです？　と円堂氏は尋ねた――盗みとか淫らな行為とか、他人が仕掛けた罠に掛かっている野獣を横取りして食べたりすると、その人はもちろん、その家族や村全体が罰として「ランダランダ」に襲われて次々に死ぬ破目になる。今回の奇妙な、悶絶するような苦しみをもたらす病気とその後にやって来る死は、まさに「ランダランダ」の兆候にぴったり当てはまっているのであった。

この悪霊のもたらす災難を逃れるには、その家族や村の人たちと付き合わないことしかないと思われていた。

「それで期せずして隔離ができるわけだ」

とその時円堂氏はシスター・ビアンカにわからない日本語で呟いたのである。シスター・ビアンカは、この国の不衛生を嘆いているように見える瞬間もあるが、「ランダランダ」の話になるとほんとうにそうした悪意のある小悪魔の跳梁《ちょうりょう》が、今度の事件を起こしていると信じているような口調になった。

　その夜半も、円堂氏は眼を覚ましてしばらくの間耳を澄ましていたが、病院全体は平穏に寝静まっているように思えた。何か特異な騒ぎが起きているような物音は聞こえなかった。円堂氏の部屋が、川とは反対の、森の方角を向いているせいでもあったが、それでも病院で何か大きな異変があれば、この執拗な静寂こそ却って、寡黙な地面を通して敏感にそれを知らせて来るものであった。

　しかし翌朝、修道女たちの半数が食事に出て来ず、その夜の間に三人の患者が死んだと聞かされた時には、円堂氏はそれらの死を呑み込んで、いささかの異変の気配さえ見せなかったしぶとい静寂の悪意を感じた。三人の患者は、嘔吐と吐血とによれよれになり、一人は激しく続くしゃっくりのために呼吸も不可能になって息を引き取ったのであった。

第五章

手術着風のうわっぱりにラテックス製と見える前掛けをした数人の男たちが、一応手袋らしいものをはめ長靴をはいて、片手にバケツ、片手に長柄のモップを持って、隔離病棟の横の空き地に出入りしているさまを、円堂氏は見ている。

　しかしすべての人が一応の防護服まがいのものを身につけているわけではなかった。ラテックスの前掛けは数が充分にないらしく、ごく普通の炊事用のものと思われる布製のエプロンを掛けている男もいたし、マスクと防護用の眼鏡は、四人が掛けているだけで、ほかの数人の男たちは、マスクも眼鏡も掛けていない上に素手だった。患者の付き添いの男はズボンにゴム草履、半袖のポロシャツを着て隔離病棟を出入りしていた。

遠くから隔離病棟の内部が見通せる角度まで移動して円堂氏が覗いた限りでは、病棟の床は、今し方男たちが清掃したばかりと見えて濡れていた。それ以前はさぞかし正視するにたえない状況だったのだろう。患者たちは、苦痛のあまりベッドの足元や時にはマットレスの上でさえ、便を漏らしたのだ。それが血まみれの便だったと円堂氏は聞いている。しかもその血はなかなか止まらなかった。床の上の無気味なものには吐瀉物も混じっていた。注射の針を抜いた後からの血が壁まで吹きつけることに、シスターたちは馴れた、という。それらの危険因子をとにかく洗い流したと思われる水掃除の後だろうが、それで医学的に消毒の目的を完全に果たしたなどということはありえない。

二十床以上ある隔離病室のベッドは満杯ではなかった。ところどころにまだ空きベッドはある。患者たちはもちろん男も女もいっしょにいれられていた。だれも性的な羞恥心を持つ余裕など、もはやなかったろう。

彼らは着のみ着のままという感じで、ベッドに横たわっていた。体に布だけ巻きつけて横たえられている人もいた。誰もが痩せ、もともと黒い肌は干からびて、ミイラのようだった。

いや死体と言っていいほどだ、と円堂氏は感じた。

危険を恐れて円堂氏は戸外に立ったまま一歩も病棟の中には入らなかったのに、彼はふと足元を見て、恐怖に凍りついた。踏みつけられた空き地の雑草が、ところどころでなにかぶち撒かれた異物で地面に貼りついたようになっている。それが乾きかけた吐瀉物と大便だとわかった時、円堂氏は立ちすくんだ。

患者の付き添い人たちは、便器が足りないので、洗面器やバケツに取った排泄物を決められた場所ではなく、隔離病棟のすぐ外の草むらに、異変が起こって以来捨て続けて来たのだ。それを便所に捨てろと言っても、彼らはなぜ戸外に捨ててはいけないのかわからなかったのだろう。多くの人が生まれた時からいつでも戸外で用を足している。それが彼らの日常の生き方なのだ。戸外の大地は、そうした人間の排泄物を、数日かけて取り込み優しく大地に返す。大昔から祖先がやって来た通りのことが、なぜ間違いなのか、どうしてここへ来て、それ以外の方法を取らなければいけないのかわからないのだ。

円堂氏は、とにかく自分の宿舎に戻ろうとした。修道女たちの修道院と、ゲストハウスは一応汚染区域の外にあることになっている。しかし円堂氏は、そこへ戻る道でも、どの地点を踏んで帰ればいいのかわからなかった。患者の家族たちが勝手に選んだ汚物の捨て場は、かなり広範な面積に広がっていると見なければならない。吐瀉物をかぶれば草は地面に貼りついたようになる。だから比較的草が草としての姿で立ち上がっている地面を探して、円堂氏は蹌踉《そうろう》と歩いた。心の中では焦っていたし、息も詰めていた。やっと宿舎の入り口まで戻ってきて、再び円堂氏は別の不安に直面した。

汚染されたに違いない靴をはいたまま、自分の部屋に入る気にならない。彼は思い切ってはいていたスニーカーを一個ずつできるだけ遠くに投げ捨てた。今回は旅行期間が長かったので、靴は用心のために別に一足持って来ている。それから裸足のまま爪先立ちして自分の部屋に入り、足を何度も洗ってからビーチサンダルをはいてぐったりとベッドに腰を下ろした。

患者は、吐瀉物や血液に触れて発症している。今やこの修道院のどこでも、その可能性がないとはいえない。修道女のメンバーの過半数が看護婦で、始終患者たちに触れては、この修道院の宿舎に帰って来ているのだ。

三十分ほど放心したようにベッドに寝ていた挙げ句、円堂氏はふと、あの捨てた靴のことを思いついた。あれは消毒液に漬けるか、焼却すべきだったのではないだろうか。円堂氏は立ち上がって、今し方靴を投げ捨てた荒れ地の見える廊下の先端の窓のところまで行った。

そこで不運にも円堂氏は見てはならないものを見てしまったのであった。二人の子供たちが、彼の捨てた靴を見付けて拾いに走って来るところだった。背の高い方の子は十歳かそこらで、色の褪せたランニング・シャツを着ているだけだった。小さい方の子は緑色の、彼自身の体には大きすぎる破れたシャツを着ていたので、シャツの襟首の部分は一方の肩からずり落ちかけていた。

二人は、草むらの中から、それぞれ片方ずつの靴を拾い、大きい方の子が背丈の小さな子からもう一方を取り上げようとしたが、小さな男の子はそれなりに頑なに、片方の靴を胸の下に抱え込んで渡そうとはしなかったので、大きな子は諦めたように離れて行くところだった。

もしかすると二人はそれぞれに片方ずつの靴を持って家に帰ることになるのかもしれない。円堂氏は確かめたことはなかったが、村の素朴な市場では、あらゆるがらくたを売っており、その中には片方ずつの靴もあるという話を誰かがしていたこともあった。どこの土地にだって片足の男というものは常にいる。その男にとっては、それで充分間に合うのである。というより、貧しい隻足《かたあし》の男には、靴を片方だけ買えるということは、ありがたいことなのであった。

男の子たちは、市場の商人に買いたたかれながらも、片方ずつの靴を売りに行けるだろう。ということは、その前に彼らが、何も知らずにその危険な靴を各家庭に持って帰り、それから市場に持って行って、感染を広める原因を作っていくという過程を示している。

昼の食事の時、円堂氏は少し早めに食堂に出て行った。シスター・ビアンカがいたので、

「汚いものを焼く場所はどこですか？」

と尋ねてみた。靴はもう取り返しがつかないとしても、この先何か危険なものが出てきた

ら、汚物焼却場を知っておくのは悪くないと思えたからだった。

「何を焼くの?」

シスター・ビアンカは不思議そうな顔をした。

「患者の血に触れた手袋とか、ガーゼとか、焼いている場所があると思うんですが……」

シスター・ビアンカはたまたまそこにいた若い修道女にフランス語で尋ねた。彼女がおっとりした表情で何かを答えるのを聞くと、シスター・ビアンカは肩をすくめた。

「焼却するものは、隔離病棟の裏のドラム缶の中に捨てておいて焼くことにしたんだけど、今は焼いていないそうよ」

「どうしてですか?」

「焼く前に誰かが、手袋でも何でも取って行ってしまうから、焼くものなんて一つも残らないんですって」


既にこの土地へ来てから、五日が経ち、六日目の朝になった。

円堂氏と一緒の車で来た若い修道女、あの日四駆を運転していた助産婦のシスター・アンナマリアがその日死んだ。彼女は、川の病院に着いた日の午後、すぐに運ばれて来た産婦の分娩を手伝ったが、その時顔にまで恐ろしいほどの血を浴びた。まだ用心の仕方がわからなかったのである。翌日の夜から彼女は立ち上がれなくなった。

「初めはただ疲れたとかだるいとか言っていただけだったのよ。でもかわいそうだった。歯からも眼からも出血したんですって。歯茎から血が出て、最後には吐き出す力もなくなって口から溢れて、もちろん飲み込む力だってあるわけないから、それで窒息したのかもしれない。でも眼の出血で見えなくなった方がかわいそうだった、って、他のシスターたちは言ってる」

彼女は、もう言葉も発せられないくらい力を失っていたが、それでも臨終の直前まで、傍に来る人に力を振り絞って「誰ですか、誰ですか」と聞いていた。せめて看護してくれる同じ修道院の誰かかを確かめていたのだろう、とシスター・ビアンカは言う。近づく人の多くがマスクと眼鏡で顔の見えない人が多かったのだ。

しかし円堂氏は、彼女はもっと遠く彼女の故郷ガルダ湖畔の村を思い出していたのではないか、という気がした。湖周辺の村の家々には必ず何本かのオリーヴの木が植えられていると彼女は話してくれた。澄んだ風の中で、オリーヴは銀色の光る葉裏を見せながら揺れている。ところどころに整然と植えられているポプラの並木は、抜けるような空の青さを支えていた。あたりの紅葉の見事さは、まだ詩人たちが書き留めていない詩のようだった。

コンゴには全くないその透明で端正な光景の中で彼女の混濁した意識の中に訪れたのは、彼女の姉妹か優しい叔父叔母か、それともかつてほんの短期間愛した男ではないか、という気もした。その男は彼女の危篤を知るはずもなく、知ったとしてもこんな僻地まで彼女に会いに来るはずはないと正気なら思う。しかし彼女はその奇蹟を待ち受けていたのかもしれなかった。

ＣＤＣがいつの段階でエボラを確認したのか、円堂氏は全く聞いていない。

円堂氏は、その夜遅く夕子に会った。

シスター・ビアンカは二人が食堂にいるのを見ると、例のお得意のピーナッツの皿とバナナを眼の前においてくれながら、

「呆れたもんだわ。自分に病気が出ている癖に、ここにいたら病気に罹ると言って、逃げ出した患者がもう三人もいるんですって」

と笑った。それから少しの深刻さも見せず、シスター・キアランジェラとゆっくり話したらいいわ、とでも言うように手を振りながら出て行った。

「大変でしたね」

と円堂氏はねぎらったが、自分が役に立たなくて申しわけない、という意味の言い訳はしなかった。しても意味のないことだったし、円堂氏は、自分が病気に罹らないことの方が優先的に必要なことだと感じていたからだった。死にたくはなくもあったし、何より病気を日本に持ち帰る危険を避けなければならないという意識が強かった。

「夕方からシスターにまた一人症状の出た人がいて、隔離室に入って来たの」

夕子は疲れ切ったように言った。

「とにかく患者は、咳の度に血を吐き続けるでしょう。下血で下痢にもなってますし、何より気の毒なのは、その汚物の処理をする人がなくなって来たのよ。明日からは隔離室をもう一つ増やすんだそうだけど、誰が見るのかしら。もう今日だけで、男性の看護士が二人も逃げ出してるんですもの」

「患者の家族たちはどうなの？」

円堂氏は自分の言葉を虚しく思いながら尋ねた。

「家族たちはね。辛うじて少し留まっているけど、病院の中から町の薬屋に点滴の薬を買いに行っても、薬屋は売ってくれないんですって」

「なぜ？」

「ランダランダよ。病人の家族と、何にしろ関係を持っただけで、ランダランダに襲われると思っているの」

「君はどうして逃げないんだ。修道女だという理由からだけか？」

夕子がすすり泣いたのを見たのは、その時が初めてだった。

「お金を持っていないんだろうな。でも旅費なら心配いらない。それなら僕が出してあげる。早くここを出なさい」

「そうじゃないの」

夕子はできる限りの平静を取り戻そうとしていた。

「もし逃げ出したら、私は修道女でなくなるからよ。というより、多分、私が私でなくなるからよ」

「死ぬのは怖くないの？　修道女は……」

「怖いわ。多分誰も怖いと思う。でも神さまに命じられているから。だから明日の午後には、また何人かのうちの修道会のシスターたちが来るわ。それでもとうてい人手は足りないんだけど、それでも、来てくれるから」

それから夕子は、はっきりと涙に濡れた眼で円堂氏に尋ねたのであった。

「あなたは、来てくださらないでしょう？」

「僕はまだ医者じゃないんだ」

「そうね」

夕子は自分を納得させるように呟いた。それから小さな声で、「でも、私は、来てほしかったわ」と付け加えた。

それは夕子の、円堂氏への愛に似たものの告白だったろう、と私は思う。しかし私は当然、何も言わなかった。ただ私は尋ねた。

「それから、どうなさったんですか」

「彼女はその時ちょっと微笑って『お休みなさい』と言うと、修道院の方に帰って行ったんです。それが最後です。翌日シスター・ビアンカがお昼少し前に、『キクウィトから応援の修道女たちを乗せて来た車が、午後早々に戻るから、あなたはその車で帰るように。もしかすると、地域全体が封鎖されるかもしれないから、これが最後の脱出のチャンスになるかもしれない』という、シスター・キアランジェラからの伝言を伝えて来たんです。彼女は隔離病棟にいて、僕は会えませんでした。シスター・ビアンカに、シスター・キアランジェラに『ありがとう』と言ってくださいという伝言を残しただけです。シスター・キアランジェラが亡くなったのは、その十日くらい後らしいです」

円堂氏の言葉は、多くの言い残した部分を含んでいるように私には感じられた。

円堂氏はつまり「そこ」から逃げ出したのであった。「そこ」は「愛」でもあり、「人生」でもあり、「運命」でもあった。それで当然だ、それがよかったのだ、と誰もが言うだろう。しかし円堂氏は確実に自分の一部をその時喪失したのであった。

だから彼は、黙して生きるようになった、とまで部外者の私が断定することはない。しかしその変化もまた、ごく自然な必然というものかもしれなかった。

ベルガモの修道会は、三十五日の間に十人の修道女を立て続けにエボラ出血熱で失った。エボラによる死亡率は、患者の七十七パーセントに達した。しかし孤児院で育ったシスター・フロラモニカは、隔離病棟で働き続けていたにもかかわらず感染せずに生き延びた。そしてこの病気は、明確な感染源も感染ルートも確定しないまま、発生後、約百日でひっそりと未開の大地に消えた。

天山の小さな春

私くらいの年になると、普通友達の数も減って来るというが……それはごく普通の意味では、どちらかが深刻な病気になって動けなくなったり、死んだりすることが多いわけだけれど……それ以外にも、一種の思い込みというか先入観を持ちすぎる人とも付き合えなくなる。つまり自分の年齢を、過剰に意識しすぎると、同じくらいの年の人としか付き合えなくなる、と思い込むのだ。自分が相手よりやや若いと、年寄りからはばかにされるのではないかと気をまわし、自分がかなりの高齢者だと少しでも若い人と行動を共にするのは、迷惑だろう、と気を廻すのである。

私にもその手の心理が全くないというわけではないのだが、友利《ともり》文明《ぶんめい》という人に限っては、初めからそういう気が起きないのは不思議だった。

彼は私の息子というにしては、少しばかり年が上なのだが、さりとてまだ初老という年でもない。私と同様一種の著述業だが、それは趣味的に旅をして、その感動を書いて、その結果が収入に繋がって生きている、という生活をしているだけで、彼がノンフィクションライターとして人並みはずれた手腕を発揮しているという話は聞いたことがない。もちろんノンフィクションライターという仕事も決して甘いものではない。筆力もさることながら、調査の対象も時流が要求するものであった方がいいし、ライターがどれだけ綿密に、しかも危険をも時には省みず、手を抜かずに調査をしているかも、読者にははっきりと伝わるものなのだ。

友利文明は決して仕事の手を抜かない。当然のことだろう。彼は徹底した趣味人なのだ。自分に興味があるからやっているので、別に出版社の意向だけで動いているのではない。ただ私が密かに評価するのは、彼は取材に金をかけているということなのだ。というか、彼にはいささか自由になる金があって、それで趣味的に仕事をできる経済的余裕があるということだと言うべきだろう。先年彼の父が死んで五千万円あまりの遺産を相続した、と私に言った時、私はノンフィクションの読者として、これで当分、彼の贅沢な作品が読める、と嬉しくなったものだ。私は日常生活にはあまり成り金趣味ではないと思うのだが、ノンフィクションの取材にかけてはかなり金に拘泥《こうでい》している。つまり取材に関する労力と金銭を惜しむと、多分いい作品は生まれないと信じている俗物なのである。

幸運なことに――他人の遺産相続の裏を勘繰るわけではないが――友利には姉がいて、本来なら遺産は二人で分けるはずなのだが、姉は裕福な造り酒屋に嫁に行っていて、今さら金が要るわけでもない。幸いその夫という人もおっとりした好人物だったので、定収入のない弟にこの際相続分はすべて譲る、ということになったらしく、彼はこの姉夫婦の優しさと寛大さを大変喜んでいた。当節珍しい、うるわしい話である。

私にとって彼はまことに付き合って楽しい人物であった。何しろ私と同様いつでも暇がある。つまり何より優先しなければならない浮世の義理というものがほとんどない。というのも、彼は五年前に、妻を脳梗塞で失っていた。まだ五十歳になって間もなくであったので、私の驚きも大きかった。昔、脳梗塞は少なくとも還暦過ぎの高齢者のかかる病気だと思われていたのだが、私は五年前に足首の骨折で入院した時、リハビリの部屋で常に二、三人の、脳出血やクモ膜下出血の後遺症を克服しようとしているまだ若い患者を見かけたものだ。こうした患者は、二十代後半にも三十代にもいた。近年の日本人の食物が昔と変わったからかもしれないが、私は人の生活というものが、いつも薄氷を踏む思いでいなければならないことを告げていると感じた。

友利夫妻には子供もいなかったので、夫人の死によって彼は全くのひとりぼっちになったわけである。燃えるような夕映えの海を眺められる海岸に立ったり、行く手の丘全面の凍るような夜空を星がびっしりと覆っていたりする光景に出会う時、ふと、もうあの妻とは、もしかすると未来永劫、金輪際会うことはできないのではないかと思うことがあるのだろうか、と私は痛ましく思った。私の知人に、死ねば、母にも姉にもすぐに会えると信じている人がいる。そうであればいいのだが、もし永遠の別れが続くのだとしたら自分を失いそうになるだろう、と私は彼の心中を思いやっていた。しかしそれを言葉に出したことはない。他人はほとんど慰める力をもたないということを私は知っている。だから他人の分際を知り尽くしたままいたい。ただ私は彼の夫人の死後、やや意識的に彼に近づいたという実感はある。とにかく人生というものは、くだらないことで忙しくあるべきだ、と私は思っていたからだ。そしてまた彼も少しも義理人情に拘泥しない人であった。喜んで私の誘いにのる時と、「すみません、僕その日はいないんだ」と呟く日と、全く自由であった。

その夏、中国に行かないか、と誘ってくれたのは彼の方からであった。上海《シャンハイ》から寝台列車でタクラマカン砂漠まで行くのだ、という。

「きれいな寝台車らしいですよ。二人部屋で僕と一緒というのはご迷惑かもしれませんけど、他人が入ると泥棒の心配をしなければなりませんからね。着替えをなさる時なんか、気楽におっしゃってくだされば、僕はドアの外に立って見張りしてますから」

今さら男女の仲を意識しなければならない年ではない。それに友利は実によく気のつく男性であった。それもさりげなく……であった。だから同室の寝台車であれば、ほんとうに私の旅の緊張もずいぶんと取り除かれるのである。

実はその旅に、私はさしたる目的もなく行ったのである。人々が憧れるシルクロードの中央部分を歩くのだが、私は特に歴史的な勉強をしたこともない。上海発の列車は約四十九時間ほどかかって、トルファンに着く。つまり二晩を寝台車で過ごすのである。こういう列車の存在があるという情報を得るのも、その切符がたとえ買いにくくても買おうとする情熱も、すべて若い人の発想だから、私は友利の熱意にうまく載っかったのである。しかし私の方にも、年の割にはそうした旅が怖いだろうとか、不便だろうとか、途中で持病が出たらどうしようかなどとはほとんど思わないという特徴はあった。旅の途中で死んだら、それはそれで始末のいい死なのである。

友利は仕事の都合があったらしく、私たちは関西空港で落ち合い、上海に飛んだ。翌日はデパートで、車中やその後の車の移動中、必要と思われる食料や物資を調達した。私は小振りのバケツと包丁を買った。列車の旅の後は、友利がチャーターしているドライバーつきの四駆の旅になるのだから、これくらいの「家財道具」は別に荷物にならないはずであった。バケツはとにかく水の確保に必要なものだったし、包丁は、友利にも「なぜそんなもの買うんですか。護身用ですか？」と聞かれた時、たぶん私たちは哈密瓜《ハミうり》の本場も通るので、おいしいメロンを食べられるに違いないと思うから、と答えるに留めた。すると友利は、「ハミ・メロンなんか買ったらハエが来ますよ」とおかしそうに言っただけで敢えて反対は唱えなかった。瓜という果物は原則として水の豊富な土地ではおいしくならない。乾いた土地の貴重な水分を必死で吸い上げて、やっとあの貴重な甘味を生むのである。人生とどこか似たものがある。

この旅は或る年の八月のことであった。

列車の内部は思いのほか快適で清潔だった。驚いたことに、上海出発の十八時〇七分より二分も早く発車した。もちろん社会主義社会だから、こうした寝台個室に泊まれるのは、「特権階級」だけだろう。だから、かどうかわからないが、列車が動き出さないうちからもうパジャマに着替えている男たちも何人かいた。友利が「食堂車は八時からです。それから西安《シーアン》から西はメニューに豚肉は出ないそうです」と聞いて来た。つまり客にイスラム教徒が増えるということである。私は個室に居すわったまま、こうして年若い友と旅行すると何と便利で楽をしたまま情報が豊富に与えられるのだろう、と考えていたのであった。

すべてのものがごく日常的なのに、ドラマチックだった。私たちは最初の食堂車の夕食からてんやわんやの騒ぎを楽しんだ。

友利も私も、もともと酒を呑まないたちなのだが、隣のテーブルの男二人女一人子供一人の客は、こうした豪華列車に乗った嬉しさの興奮を少しも隠さず、まだビールが運ばれてこないうちから大声で喧《やかま》しく喋り立てていた。ビールはすでに積んであるのだろうに、どうしてかと思うくらい運ばれて来るのが遅い。その間に連れている子供は飲むものもないので、喚き立てる。やっとビールが来たかと思うと、冷えていない、ぬるい、と文句を言う。私に中国語ができるわけではないのに、どうしてかこういう文句だけは、手にとるようにわかるのだ。たかがビール一つにこれだけ文句をつけられれば、「充分に旅を味わった」と言えるのではないだろうか、と感じながら、私たちは、上等の定食を食べた。ピーマンとハムの前菜、豆の葉の炒めもの、マナガツオの蒸しもの、豆と鶏肉の炒めもので、けっこうなご馳走である。

私は九時少しすぎには、顔も洗わずに寝てしまった。洗面所には三個のステンレス製の洗面台があって一応清潔なのだが、それでもそこにも盛大に歯を磨いている男たちがいたので、めんどうくさくなって洗面など止めてしまったのである。

翌朝目を覚ますと、列車は朝靄の中を走っていた。ポプラと靄は、前世からの因縁でもあるようによく似合う。すべての景色の上に埃色が紗のようにかかっていた。西に行くに従って雨が少ないということは聞いていたが、一晩寝ただけで早くも家の屋根は平になる。雨が少ないからこの形でもやっていけるのだろう。土は黄色く、蟻塚が目立つ。やがてヤオトンと呼ばれる洞窟住宅地域が現れる。日本の代議士がローマで「カラカラの大浴場」(遺跡)に行くと言われて、石鹸とタオルを下げて観光バスに乗ったという話があるが、このヤオトンを、貧困の象徴と思った人もいるという。しかしこれは風土によく合った住居の形なのだ。夏は涼しくて冬は暖かいという。人はどこででも賢く土地に合った住処を作るという点では、まさに動物並みなのだ。

やがてイスラム寺院が目立つようになると、おもしろいことに十字架を立てた墓も見えるようになった。中国社会の都市部では、墓地というものは、私たち旅行者には見えない。あれだけの大都市の死者たちの遺骨はどこにどう処理されるのか、もともと実感がなかったので、やっと人一人の生涯が見えたような気がする。

翌朝の朝飯は八時半からで、私は再び昨夜と同じ席に友利と向かい合って座った。コーリャンのおかゆ、キャベツの酸っぱい漬け物、小さなドジョウインゲン、ハムの拍子木切り、と、巨大な包子《パオズ》に脱脂粉乳の飲み物がついていた。

「友利さんはけっこう中国語うまいのね」

と私は、旅に出て初めて友利の語学力を褒めた。

「いや、食い物の注文と、バクチの言葉だけは誰でもすぐ覚えるっていうんですけどね」

と友利は笑った。

「僕はバクチは退屈だからしないんだけど、メニューが読めなかったり注文できなかったりすると、死活問題ですからね」

友利は大学の時に、中国語を少し学んだのだという。それは全く役に立たない教養外国語だと思っていたが、「世界漫遊」の仕事をし始めて、初めてこの世界に足を踏み入れると、少しは便利なことを感じた。幸いにも、わからなければ日本人は紙に字を書いて、意志の疎通を補うこともできる。友利が習った漢字と、現在の中国人が使う漢字とは、かなり違ったが、その程度の違いは間もなく覚えた。

「だから、時々、おもしろい人にも人生にも会うんですよ」

「どういうおもしろい人生？」

「中には辛い話もありますけどね。僕が外国人だと思って、気楽に身の上話をする人は、あちこちにけっこういるんですよ」

しかし実は私は景色の変化に心を奪われていた。二日目の午前十時四十五分には、列車は西安駅に着いた。黄色いタイル張りの建物が見え、太いタイヤをはめた、昔風に言うと荷物運びの大八車もあった。「下地道出站」というのは、友利に教えてもらったところでは、地下道で駅にでます、ということであり、「閑人免进」は用のない人は入るなということだった。この二つの表現が読めるようになっただけでも、少し中国で暮らすのが楽になったような気はした。

次第に内陸部に入ると暑さが車内でも感じられるようになった。正午少し前には気温は三十五度に上り、列車は時速百二十キロで走っていた。昼ご飯には弁当を取ってみた。チンゲンサイともやしの炒めものを添えた骨付き豚肉が、なぜか一部がばりばりに乾いているご飯の上に載っかっている。友利はさすがに若いので、弁当だけでは足りず、上海で買い込んだタチノウオの缶詰を開け、とってあった朝の包子の残りも律儀に食べ終えた。

窓の外のすべての光景は、泥色に染まり始めていた。池や水路の水には、大地のすべての泥が水に凝集しているように見えたが、十三時すぎに宝鶏《バオジー》を過ぎると間もなく左に黄河が見え始めた。その色は大地よりもっと濃い泥色だった。ノンフィクションライターらしく準備のいい友利は高度計も持参していて、窓のところにおいてくれたので、私はちょくちょくそれを覗いていた。鉄道の高度は既に七百メートルに達していた。箱根の主な温泉街と同じくらい高い土地を、泥色の大河が流れていることが、私の感覚ではどうしても理解できなかった。

午後列車はついに高度一千百メートルまでに達した。小海線《こうみせん》で一番高い駅はどれだけあったろう、と私は考えた。外気温度は三十八度を越えている。ランニングシャツを着た労務者が木陰で汗を拭いていた。小駅に止まると、乗客はそれでもリンゴを買いにホームに降りた。リンゴはこんな時期にどこの産物かわからなかった。

その日、夕陽は紅崖《ホンヤー》という駅で最後の輝きを見せた。崖は見えなかったが、名前の通り、夕陽が崖を赤く染める土地なのだろう。しかし駅の引き込み線の傍《そば》では、粉炭の積み込み作業中だった。短パンに赤いランニングを着た労務者が天秤棒にモッコで、粉炭を運ぶ。線路に落ちた粉炭もスコップですくい上げている。それなら、最初から踏み板を敷くか、粗い布でも敷いておけばいいのに、そういう工夫を思いつく人は誰もいないのだろう。

「まだ子供の時、昔の家は木枠の戸障子で建て付けが悪いでしょう。風の強い日なんか、すぐ廊下が埃でざらざらになるのよ。外の道だって砂利で舗装してないから、朝一度拭き掃除をしても、夕方になると母にもう一度廊下に雑巾がけをしなさい、って言われるの。だけどああいう日本人の神経は、ここでは全く通用しないわね」

と私は友利に言った。朝拭き掃除をしたばかりなのに、夕方またするのか、と思い、明日にはまた汚くなる、と子供心にもうんざりして賽の河原という言葉が身に沁みたものだった。人間も動物と同じで、ほんとうは土まみれになって生きればいいのだということが、こうして何十年も後にわかったりするのである。

立派な塀を巡らし、数棟の建物がすべて中庭にむかって開けているような屋敷を見た時、私は思わず友利に言った。

「こんなうちに住んだら、妻が一人じゃ寂しいわね。妻は数人いた方がいいわ」

友利は私の顔を眺めただけで何も言わなかった。

紅崖駅を出て間もなくの夕食では、ニンニクの芽を入れたシュウマイ、ナスの中国風カレー、チンゲンサイの炒めもの、といっしょに、ついに「トマ玉」が出た。友利がかねがね、「われわれはこれから『トマ玉』の世界に行くんです」と予告していたものだった。つまりどこにでも、いやというほどあるトマトをさっと炒めて、それに卵をかけるのである。もっとも列車食堂のトマ玉にはキクラゲが刻んで入れてあった。そして間もなく、高度二千メートルを越す星空に近い高地を夜は覆った。

その夜は、実は満月だったのである。夜半過ぎに軽い頭痛で目を覚ました。高度は二千八百メートルに達していたから、高度のせいだったのだろう。

満月が窓の外に見えた。ところがしばらくすると消え、また数分すると現れた。鉄道の線路が高度を取るために、くるくる廻っているので、月が左右に現れるのだろう、と私は思った。しかしおもしろいことに、月の光景には、必ずごく少数の弱々しい人家の灯火が付き添っていた。そうだ、ここは砂漠ではないのだ。大谷探検隊が一九〇二年から四年にかけてホータンや亀茲《キユウシ》の遺跡などの調査をした時、ホータンには既に電線が引かれていたという。これは驚くべきことだ。私は今、古くから栄えた交易路を進んでいるわけだ。ずいぶん昔から、旅人を見てきたんでしょうね、と私は月に向かって言っていた。

私は今、友利とした旅を書くつもりでこんなことを語りだしたのではない。しかし私はただ、私たちがどんなに遠く中国大陸を西に向かってひた走ったかを、やはり時系列的に書きたかったのだ。その目的は後で語る。

三日目の朝、寝台特急の洗面所では、女の子が色とりどりの生きたザリガニを大切そうに洗っていた。

朝日の中で、列車はモンゴルの南を走る砂漠の西端を走っていた。ゴビとタクラマカンとは、全く別の砂漠なのだ。

午前十時半、敦煌《ドウンファン》。ここはチベット公路の基点である。昼近く新疆《シンジヤン》に入ると灰色の土漠がいよいよ始まった。

午後一時半、ハミ着。私の包丁を覚えていてくれた友利が、プラットホームに降りてハミ瓜を買って来てくれる。しかし二人で一個は食べきれないから切るのは止めた。それでもその匂いを嗅ぎつけて、今まで一匹もいなかった小バエがやって来た。

その夜七時すぎに、私たちはやっと目的地のトルファンに着いた。

駅前は安っぽい新しい建物ばかりだった。しかし車通りはない。トルファンは一年間いつも砂塵が舞っている、と友利は言う。以前にも何回か来たことがあって、「風の強い日には列車も止まるんですよ」と彼は事も無げに言う。上海からすでに私たちは約四千キロの距離を走って来たのだ。ここからは私たちは借り上げた四駆の旅をする。しかし未舗装道路ではない。あたりは十二世紀からイスラム教徒が来て住んでいた土地であった。昔のメッカ詣での人は、ここからロバでメッカに向かったのである。友利はこのあたりで、摂氏七十六度の気温を体験している。七十六度！　と私は絶句した。私はイスラエルの死海のほとりで、六十二度までしか味わったことがない。七十六度の気温に耐えるには、人々は厚いオーバーを着て外気を防ごうとするはずだ。

ホテルの部屋には、轟音に近い音をさせるエヤコンがついていて、とにかく快適に眠れる気温を保っていた。ベッドのシーツも、洗い晒しの匂いと手触りを残していた。

翌朝はまず、この辺の土地を全く知らない私のために、高昌《こうしょう》古城の遺跡に行きましょう、と友利は言った。ひどく暑いところですから、帽子をかぶって時々水を飲んで、ゆっくり歩いて、と友利は小学生を遠足に連れて行くような注意をする。

四駆の運転手は、赤ら顔の精悍な中年であった。カタコトの英語もできる。友利の怪しげな中国語と合わせると、意志の疎通に不自由はない、という感じであった。

私たちは町の外れで最近できた三階建てのアパートの前を通りかかったが、それは近年の中国のあちこちに見えるごく普通の光景で、特に注意を惹くというものでもなかった。都市部と地方との経済・収入の格差は激しいと言うが、かつての人民が、次第に生活程度が豊かになり、かつての地面に這いつくばったような泥の家にではなく、ベランダに洗濯物が翻るアパートでささやかな幸福を裏付けられているという感じの風景だった。

「あなたはこういう話に興味をもちそうだから、私向きにほんの少し迂回路を取ります、とさっき言っていらしたけど」

「ええ、あの畑の向こうの五階建てのアパートをあなたに見せたかったんですよ」

と友利は言った。

もって生まれた気さくさと誠実さで、どこにでも友達のできる友利だったが、この土地では仕事の上で知り合った友人を臨時の助手として雇い、彼の住んでいるアパートも度々訪れては仕事の打ち合わせをしたこともあった。それが今見えているアパートであった。手前に楡《にれ》の木とポプラの並木が交差して見え、右手には桑畑も広がる田園風景だった。

その友人の助手から、友利は彼のアパートで起きた小さな事件のことを聞いたのである。

私が延々と列車の旅のことを書いたのは、つまり上海からもこんなに遠く、天山《テイエンシヤン》山脈を背景に建つ平凡なアパートに、一つの物語があるという実感を持ってほしかったからなのだ。

小説家というものは、自分の心の情熱の赴くままに、ことの軽重を忘れて語る性癖があることを許してほしい。

友利がこの友人を助手として雇ったのは、彼がちょうど失業していたので、つなぎのアルバイトになるといいと思ったからだというのだが、助手としても彼は頭のいい人物で、彼の配慮のおかげで、いつも取材の手筈《てはず》が過不足なく整った。友利はその点に感謝していて、一度は彼を日本に呼んで、ホテル代を節約するためにずっと自分の家に泊めて、東京見物をさせたことがあるという。

その青年が語った話なのである。

助手のアパートの三階には、母と娘が二人だけで住んでいた。いわゆる母子家庭に見えたのである。娘は髪のきれいな色白の少女で、事件が起きた時、中学の三年生だったという。母親はどこかの作業所に行って働き、母娘は質素な暮らしをしていた。

或る時、その娘が通う中学校に怪文書が出回った。「もし私が自殺をしたら、それはあの厳しい数学の教師が私を苛めたからです。私以外にも、被害を蒙った生徒はたくさんいます。よく覚えておいてください。責任がないとは言わせません」というような文面だったという。

「それで、ほんとうに自殺者が出たんですか？」

私は興味を覚えて尋ねた。

「いやあ、脅しだったみたいですよ」

ほんとうに死ねばかわいいというものではないが、死んでやると脅すのも嫌な心情だと私は不愉快な気分になった。教え方が巧者でないとか、熱心過ぎるとかいうことはあっても、厳しいということは、職務に忠実な教師の一つの特徴とは言えるからだった。

「そうしたら間もなく、或る日、黒板に別の意見が書かれたんだそうです」

「どういう意見？」

「先生は決して苛めているんじゃない。熱心でとてもいい先生だ、って」

「よかったわね、反対意見も出て」

「僕もはっきりわかっているわけじゃないんですけどね、死んでやる、と言ったのは、この地方では富裕階層の娘だったようです。というか昔の党幹部の実力者の娘とその一味で、そういう娘だから、取り巻きだかグループだかが常に身辺にいて、それが先生を追っ払ってやろう、という画策をしたんじゃないか、と思った人がたくさんいた。

そういう実力者の娘だと、親の姿を見ているから、嫌いな先生は自分たちで追っ払えるみたいな権力主義的発想をするんじゃないかと、僕は思ったんですけどね。何しろそれ以上、話の細かいニュアンスを追究しようとすると、僕の中国語と助手の英語とでは、なかなか細部が嚙み合わなくて、二人共、語学的に疲れてきてやめたんですよ」

と友利は笑った。

「ただその教師も、実はあのアパートに住んでいて、彼も顔見知りでよく話をしていたので、裏も表もわかったんでしょう」

「それでその数学の教師は、実際にはどんな人物だったんです？」

「できない生徒でもよく教えてくれる熱心な先生だったらしいですよ。だから黒板に書かれた反対意見には、賛成という人も実際にはたくさんいたけど、口には出せなかった……らしいですね」

「黒板に反論を書いたのが誰か、皆はどう思ってたんです？」

「わかってたんだろう、って僕の助手は言うんですよ。それが母子家庭の娘なんです。その娘には、普段からきりっとしたところがあって、何にでも眦《まなじり》を決して態度を決めるようなところがあったらしいんです。生きにくい性格ですよね」

「それでも、反論に堂々と署名はできなかったのね」

「そうはせずに、内容が伝わればいいと思ったんじゃないですか？　おっかないからね、この国は。殊に死ぬ死ぬなんて言っておきながら、死ぬどころか、クラスを牛耳って、嫌いな教師を追っ払うことができると思ってるような、ボス的なグループに歯向かうことは、できたら誰でも避けたいでしょうよ」

「ボス・グループは反論を書いた相手を暴き出そうとしたでしょうね」

「その結果の真相は、今でも誰にもわからないんですよ。そうこうするうちに、誰もが思いがけない結末に震え上がったんです。その娘が或る日、水路に落ちて死んでいるのを見つけられたんです。このあたりには、農業用の水路がたくさんあるでしょう」

「被害者を装った苛めの加害者に、やられたというわけ？」

日本にはない話だ。しかし日本以外の土地なら、世界中で充分にあり得る話だろう。

天山山脈からの豊富な雪解けの水を引いて、このあたりには四通八達して整備された水路がある。流れの底には人工的に砂利を敷き、水面はきらきらと輝きながらさざ波を立てている。乾いた自然に抗して、ここは人の営みが、今でもこうして命を流し続ける土地なのであった。

「水路は、溺れるほど深くはないでしょうに」

「だから不自然な死に方なんです。殺されたという証拠もない。誰もそんな話を表立っては口にしない。しかし水路は、子供なら立ち上がれないような急流でもないし、深さもそんなにないと思いますよ。そんなところで、娘はうつ向きに死んでいたし、警察も深くは調べなかった。調べても水死だとしたら、他殺か自殺か事故死か決定的にはわからないし、また深くは捜査しない裏の事情もあったかもしれませんね。こういう国のことですからね」

「お母さんがかわいそう」

私は思わず言った。娘の存在だけが、希望を繋ぐものだったろうに、貧しい母は一人残されて、どうして生きて行く気力を残したのだろう。

「その間、あのアパートの一階の一番隅の部屋には、その数学の教師も住んでいたんです。

だからあのアパートは、さしずめドラマの登場人物を全員揃えてた舞台面ですよ」

「どんな女性でした？」

「男ですよ」

「男性？」

なんで勝手にそれが女性教師だと思い込んでいたのか、私は自分自身の心理がわからなかった。

「じゃ、その男性の数学教師は学校内でそういう騒ぎが起こっていたことを知らなかったわけじゃないでしょうに」

「そこまではわからないんですね。ただその教師は、僕の助手に、春が来る度に自分は一生、自分を庇ってくれた生徒がいたことを、思い出して辛くなるだろう、と言ったんだそうです。事件が起きたのは春だったというから、春になると人間は誰でも少し狂気になるのかな」

友利は笑った。

「僕の助手とその教師は、高校時代の同級生だったらしいですから、いろいろ胸のうちを語ったんでしょうね。彼女が死んでから初めて、教師は深い愛を覚えるようになったと言ってたそうです。でも反対派は、あってはならない男女関係に話をでっちあげて、仕返しをしたんでしょうね」

「その数学の先生は、今でもあそこに住んでいるの？」

一階の端とはいうけれど、どちらの端なのだろう、と思いながら、私は尋ねた。

「いや、今は誰一人として残っていないんです。数学教師もそういう状況に耐えられなかったんでしょう。この土地を離れて、今どこにいるかわからないんだそうです。娘のお母さんもやはり別の土地に移ったらしいし、僕の助手は今重慶で仕事をしています。ドラマは終わったと言ったら、残酷ですけどね」

今この土地には熱風が吹き、風は燃えていた。三人の普通すぎる普通の人たちが、どこかに消えたことにこだわっているものは何もないようだった。

私は地図の上でも心理的にも、実に遠い土地まで旅をして来た。遠い土地というだけで、実感はなぜか稀薄になる。大きな幸福は想像できても、深い悲劇などないような気がする。こんなに小さくて確実な、ほとんど修復できないような悲しみに実際に会うために、私は実に数千キロも旅をして来たのだということがその時わかったのであった。

初出一覧

白鷺のいる風景――――「オール讀物」一九七一年一月号
四百米――――「群像」一九七四年十月号
鮭の上る川――――「文藝春秋」一九七八年一月号
ミント・ティの匂い――――「小説新潮」二〇〇九年一月号
生活者たち――――「小説新潮」二〇一〇年一月号
無口――――「小説新潮」二〇一一年一月号
天山の小さな春――――「小説新潮」二〇一二年一月号

＊作品中、今日の人権意識に照らして不適切と思われる語句や表現がありますが、作品執筆時の時代背景を考慮し、原文のままとしました。

曾野綾子（その　あやこ）
一九三一年、東京生まれ。聖心女子大学文学部英文科卒業。七九年、ローマ教皇庁よりヴァチカン有功十字勲章受章。八七年、『湖水誕生』で土木学会著作賞受賞。九三年、恩賜賞・日本芸術院賞受賞。九五年、日本放送協会放送文化賞受賞。九七年、海外邦人宣教者活動援助後援会代表として吉川英治文化賞ならびに読売国際協力賞受賞。二〇〇三年、文化功労者となる。一九九五年から二〇〇五年まで日本財団会長を務める。二〇一二年、菊池寛賞受賞。著書に『無名碑』『神の汚れた手』『天上の青』『哀歌』『アバノの再会』『老いの才覚』『人生の収穫』『人生の原則』『酔狂に生きる』『生身の人間』『不運を幸運に変える力』『靖国で会う、ということ』『夫の後始末』『人生の後片づけ』『介護の流儀』『人生の終わり方も自分流』『「群れない」生き方』『人間の道理』『老いの道楽』『未完の美学』『人生の決算書』『夢幻』等多数。

天山の小さな春

二〇二三年一一月二〇日　初版印刷
二〇二三年一一月三〇日　初版発行

著　者　曾野綾子
装　幀　鈴木成一デザイン室
発行者　小野寺優
発行所　株式会社河出書房新社
〒一五一-〇〇五一
東京都渋谷区千駄ヶ谷二-三二-二
電話　〇三-三四〇四-一二〇一（営業）
　　　〇三-三四〇四-八六一一（編集）
https://www.kawade.co.jp/

組版　KAWADE DTP WORKS
印刷　株式会社亨有堂印刷所
製本　大口製本印刷株式会社

Printed in Japan　ISBN978-4-309-03151-4

夢幻《ゆめまぼろし》
曾野綾子
河出書房新社